AF279695

ENTRE SOMBRAS Y LUZ

ROSA ALCUDIA MARTÍNEZ

ENTRE SOMBRAS Y LUZ

EXLIBRIC

ANTEQUERA 2025

ENTRE SOMBRAS Y LUZ
© Rosa Alcudia Martínez
Diseño de portada: Dpto. de Diseño Gráfico Exlibric

Iª edición

© ExLibric, 2025.

Editado por: ExLibric
c/ Cueva de Viera, 2, Local 3
Centro Negocios CADI
29200 Antequera (Málaga)
Teléfono: 952 70 60 04
Fax: 952 84 55 03
Correo electrónico: exlibric@exlibric.com
Internet: www.exlibric.com

ISBN: 979-13-87707-79-8
Depósito Legal: MA 947-2025

Impresión: PODiPrint
Impreso en Andalucía – España

Nota de la editorial: ExLibric pertenece a Innovación y Cualificación S. L.

ROSA ALCUDIA MARTÍNEZ

ENTRE SOMBRAS Y LUZ

Si el mundo se acabara hoy,
iría corriendo a decirte que hiciste del mundo
un lugar especial para mí.

Prólogo

Hay momentos en la vida en los que la oscuridad parece abrazarnos con tanta fuerza que nos cuesta recordar que alguna vez hubo luz.

Para Sofía, la historia comenzó con una herida abierta, con la sensación de vacío que deja el amor cuando se convierte en una sombra. Pero la vida rara vez se detiene en la tristeza; siempre encuentra la forma de sorprendernos, de guiarnos hacia algo inesperado.

Cuando Marcos apareció en su camino, no fue como en las historias románticas de los libros que solía leer. No hubo un flechazo instantáneo ni promesas de un amor eterno. Hubo desconfianza, secretos y un pasado que amenazaba con ahogarlo todo. Pero también hubo miradas que decían más que las palabras, gestos que hablaban de segundas oportunidades y silencios que ocultaban verdades demasiado grandes para ser dichas en voz alta.

Este no es solo un relato sobre el amor. Es una historia sobre el miedo y la valentía, sobre cómo a veces las sombras pueden ser tan seductoras como la luz y cómo el pasado puede perseguirnos incluso cuando intentamos dejarlo atrás. Sofía y Marcos están a punto de descubrir que cuando el destino pone a dos almas en el mismo camino, lo difícil no es encontrarse, sino decidir si están dispuestos a luchar por lo que sienten, aunque el mundo entero parezca estar en su contra.

Porque, al final, entre las sombras y la luz, siempre hay un punto intermedio donde nacen las historias que realmente importan.

1

Sofía se encontraba en su habitación, con las luces apagadas, abrazada a la almohada como si fuera la única cosa que podía sostenerla en ese momento. La ruptura con Andrés aún le dolía como una herida abierta. Durante días, se había refugiado en su casa, evitando el contacto con el mundo exterior, incapaz de soportar la idea de que su relación había terminado de la manera más dolorosa y vacía posible.

Las palabras de Andrés seguían retumbando en su cabeza: «No eres mi tipo, no eres suficiente».

Eran frases sencillas, pero el peso de esas palabras había desmoronado su confianza. ¿Cómo había podido darle tanto de sí misma a alguien que no la había valorado?

¿Por qué no había visto las señales antes?

El teléfono vibró en su mesita de noche. Era un mensaje de Marta, su mejor amiga, que le pedía que saliera, que la acompañara a la pista de hielo del centro del pueblo.

—Sofía, por favor, ven. Andrés está ahí, sé que te gustaría verle. No te quedes sola —decía el mensaje.

Sofía miró el teléfono sin responder, con el dedo suspendido sobre la pantalla. Sabía que sus amigas solo querían distraerla, pero ¿realmente podía enfrentarse a Andrés? ¿Estaba preparada para ver a la persona que había sido su mundo, ahora convertido en un extraño?

Finalmente, se levantó de la cama y se puso el abrigo, decidida a salir.

Necesitaba un cambio de aire. Necesitaba desconectarse, aunque solo fuera por un rato.

Cuando llegó a la pista de hielo, el frío le golpeó la cara, despejando por fin su mente llena de pensamientos oscuros. A lo lejos, vio a Andrés, patinando junto a un grupo de chicos. Su mirada no se cruzó con la de él, pero Sofía no pudo evitar notar lo bien que se veía sobre el hielo, como si no le importara en absoluto lo que había dejado atrás.

Sofía, sintiéndose pequeña en medio de la multitud, se adentró en la pista de hielo. Sus amigas, Clara y Marta, se habían apartado para hablar con otros conocidos. Sofía no les prestó atención, no podía. El peso de la presencia de Andrés sobre ella la hacía sentirse incómoda, vulnerable. Así que decidió patinar sola, buscando algo de consuelo en el suave deslizamiento sobre el hielo.

Pasaron los minutos y, aunque trató de relajarse, no podía dejar de pensar en la tensión que sentía al ver a Andrés cerca de ella. Pero justo cuando pensaba en irse, algo le llamó la atención: un chico estaba solo en una esquina de la pista, deslizándose con una habilidad impresionante, moviéndose por el hielo con la misma destreza que un profesional.

Sofía, curiosa, fijó la vista en él. No sabía por qué, pero había algo en su manera de moverse que la hipnotizó. Llevaba una sudadera con capucha que cubría parcialmente su rostro, pero sus ojos oscuros brillaban con una intensidad que Sofía no pudo ignorar. Su figura solitaria en la pista parecía desconectada del resto de la multitud, como si estuviera en su propio mundo.

Sin previo aviso, el chico levantó la mirada y la vio. Su mirada se cruzó con la de Sofía y algo en ese instante hizo que el corazón de ella latiera más rápido. Durante un segundo, el tiempo se detuvo. La intensidad en su mirada no pasó desapercibida y, entonces, para sorpresa de Sofía, él le guiñó un ojo.

Sofía, confundida y un poco nerviosa, no sabía si reír o apartar la mirada. En lugar de eso, permaneció allí, observando cómo el chico patinaba hacia ella, moviéndose con una gracia que la dejaba sin aliento.

—¿Te cuesta un poco? —le preguntó él, acercándose con una sonrisa en los labios, un tono juguetón en su voz.

Sofía, sorprendida por la cercanía, trató de ocultar su incomodidad.

—No… solo… no soy tan buena —respondió, sintiendo que el rojo le subía a las mejillas.

—No importa —dijo él con una sonrisa cálida—. Si quieres, puedo enseñarte.

La oferta fue inesperada, pero algo en el tono de su voz le hizo sentirse más tranquila. Aunque nunca en su vida había hablado con él, había algo en ese chico, en su forma relajada y desafiante, que la hacía sentirse menos sola.

—¿Seguro? —dijo ella, sonriendo ligeramente.

El chico asintió con la cabeza y, sin decir mucho más, comenzó a patinar lentamente frente a ella, guiándola con pasos suaves pero seguros.

—Solo déjate llevar. El hielo no te va a juzgar —le dijo con una risa baja.

Sofía, aunque nerviosa, intentó seguirle el ritmo. A medida que se deslizaba por el hielo, sintió que su ansiedad disminuía, al menos, por un momento. Fue extraño, pero de alguna forma, el chico parecía saber cómo calmarla sin siquiera intentarlo.

Después de un rato, él se detuvo y, mirando a Sofía, le sonrió.

—Lo estás haciendo bien.

Pero, en ese momento, Sofía notó algo extraño: no había más ruido, ni música ni voces que la distrajeran. Solo los dos. Y, por un segundo, el mundo entero pareció desvanecerse.

El chico la miró fijamente, con una mirada que no tenía la desconfianza de los demás, como si realmente le importara.

—Te llamas Sofía, ¿verdad? —preguntó, rompiendo el silencio.

Sofía lo miró sorprendida.

—¿Cómo sabes mi nombre?

—Porque la gente habla mucho de ti —respondió él, su tono más serio ahora.

Sofía frunció el ceño, confundida.

—¿De qué hablas?

—No soy de aquí —respondió él en voz baja—. Pero he escuchado sobre ti.

Antes de que pudiera decir más, el chico se despidió rápidamente, deslizándose hacia otro lado de la pista, dejando a Sofía allí, sola con sus pensamientos.

Sofía no podía dejar de pensar en el chico de la pista de hielo. Después de su breve encuentro, ella había regresado a casa con la mente llena de preguntas. ¿Quién era él? ¿Por qué había sido tan directo? ¿Y por qué le había guiñado el ojo de esa manera?

Sus amigas la llamaron varias veces, pero ella no podía concentrarse en nada. No sabía si había sido un momento de distracción, un simple gesto sin importancia o si, realmente, había algo más entre ellos.

Al día siguiente, en el instituto, Clara se acercó a ella con una mirada preocupada.

—¿Te pasó algo en la pista de hielo? —preguntó Clara, viendo que Sofía estaba más distraída de lo habitual.

Sofía no sabía si contarle lo que había sucedido. No quería preocuparla, ni parecer que estaba buscando a alguien nuevo para llenar el vacío de Andrés. Pero, al mismo tiempo, algo le decía que había algo en ese chico que ayer había conocido, que no podía dejar de pensar.

—No… Solo fue una distracción —respondió finalmente, aunque no estaba segura de qué tan cierto era eso.

Al día siguiente, Sofía se sentó en la cafetería del instituto con Clara y Marta. Habían hablado poco en clase, pero cuando se reunieron en el recreo, sus amigas no podían dejar de mirarla con expresión preocupada. Clara, siempre directa, fue la primera en hablar.

—Sofía, no puedo creer que hayas estado tan cerca de él ayer —dijo Clara, bajando la voz para que los demás no oyeran—. Ya sabes lo que dicen sobre Marcos, ¿verdad?

Sofía se tensó al escuchar el nombre de Marcos. Suponía que hablaba de él, del chico de la pista, pero si él le había dicho que no era de aquí. ¿Cómo que lo conocían a sus amigas? Tampoco quería preguntárselo porque sabía que sus amigas no entendían. No entendían lo que había sucedido entre ellos ni la manera en que se había sentido. No podía explicar lo que había detrás de ese guiño, de la forma en que él la había mirado. Parecía auténtico.

Algo en él la atraía de una forma que no podía ignorar.

—¿Qué dicen? —preguntó Sofía, intentando sonar indiferente.

Marta, que nunca se metía demasiado en chismes, intervino:

—Dicen que es problemático, que se metió en varios líos en el pasado. Nadie se quiere acercar a él porque está relacionado con gente peligrosa. Y lo peor de todo… es que dicen que está manipulando a las chicas.

Sofía se sintió incómoda. ¿Manipulando? ¿Por qué alguien querría manipularla? ¿No había algo más en él?

—No sé… —murmuró, mirando hacia la ventana, como si pudiera escapar de esa conversación—. No creo que sea como dicen. Algo me dice que hay más en él de lo que muestra.

Clara la miró fijamente.

—¿Lo estás defendiendo? Sofía, por favor, no te dejes llevar por su fachada. Hay rumores sobre él y no son buenos. No quiero que te metas en problemas. —Clara habló con una mezcla de preocupación y reproche.

Sofía intentó no dejarse influir. Sabía que tenía que ser cautelosa, pero no podía negar lo que sentía. Había algo en Marcos que la desconcertaba, algo que no encajaba con lo que todos decían.

—No lo estoy defendiendo —dijo, levantándose de la mesa—. Solo quiero saber quién es de verdad.

Clara la miró, sin saber qué responder. Marta también se quedó en silencio.

Esa misma tarde, mientras Sofía caminaba por la calle, pensaba en las palabras de sus amigas. Sabía que Clara tenía razón en una cosa: Marcos estaba relacionado con cosas que no debía. Pero, por otro lado, no podía entender por qué todos lo juzgaban sin saber realmente qué había pasado.

Al llegar a casa, vio que tenía una notificación en Instagram. Era un mensaje de Marcos.

Marcos: *Te vi ayer, no quería interrumpir, pero me alegra que hayas disfrutado patinando. Espero que no te haya molestado mi presencia.*

Sofía sonrió al ver el mensaje, aunque todavía sentía dudas. Decidió responder con cautela.

Sofía: *No, no me molestó. Estaba bien, aunque tus trucos me hicieron sentir un poco torpe.*

Marcos respondió al instante.

Marcos: *Me gusta cómo te ríes de ti misma, eso es algo que no muchas personas hacen. ¿Te gustaría salir algún día a patinar otra vez? No soy tan malo como dicen.*

Sofía sonrió al leer su mensaje. Pero algo en sus palabras la inquietó. Él sabía lo que se decía sobre él. Lo había admitido. Pero también le estaba pidiendo una oportunidad para demostrar que no era como todos pensaban.

Sofía: *Supongo que no todo lo que dicen es cierto. Pero... ¿qué pasa con los rumores? ¿Es cierto que te metiste en problemas?*

La respuesta de Marcos fue rápida, pero su tono cambió. No fue tan relajado como antes.

Marcos: *A veces, la gente inventa cosas. No todo lo que se dice es verdad, Sofía. No quiero hablar de mi pasado, pero te aseguro que no soy quien piensan que soy.*

Sofía se quedó pensativa. Algo en su respuesta la hizo desconfiar un poco más. Había algo en su tono que no parecía tan honesto, pero al mismo tiempo, sentía que no podía juzgarlo sin conocerlo mejor. No quería creer todo lo que le decían.

El frío de la noche se hacía más intenso cuando Sofía llegó a casa. Se dejó caer en la cama con la mirada fija en el techo, su mente aún atrapada en la conversación con Marcos. Sus palabras seguían repitiéndose en su cabeza: «No todo lo que dicen es cierto, Sofía».

Había algo en su tono de voz que la inquietaba. No había sonado como alguien que solo quería ocultar su pasado, sino más bien como alguien que temía que su historia la alejara.

Su teléfono vibró sobre la mesa de noche. Era un mensaje de Clara.

Clara: *Sofi, tenemos que hablar. Es sobre Marcos. Por favor, dime que no estás hablando con él.*

Sofía sintió una punzada de culpa. Sabía que sus amigas solo querían protegerla, pero también sentía que no podían entender la curiosidad que ella veía en Marcos.

Con un suspiro, apagó la pantalla del móvil sin responder.

Minutos después, una nueva notificación apareció. Esta vez, de Marcos.

Marcos: *¿No te has cansado del hielo? Estaré ahí mañana otra vez. Si quieres, podemos patinar juntos otra vez.*

Sofía dudó. ¿Debería aceptar? Algo dentro de ella le decía que seguir conociéndolo era arriesgado, pero otra parte quería entender por qué todos parecían estar en su contra.

Finalmente, escribió:

Sofía: *Nos vemos mañana.*

2

El día siguiente pasó más lento de lo normal. Sofía apenas prestó atención en clase, sumida en sus pensamientos. Cuando la última campana sonó, tomó su mochila y salió de la escuela sin despedirse de nadie. Sabía que si Clara o Marta la detenían, tratarían de hacerla cambiar de opinión.

Cuando llegó a la pista de hielo, Marcos ya estaba ahí, apoyado contra la valla de la pista, con su característica capucha cubriéndole parte del rostro. Sus ojos oscuros la estudiaron con una leve sonrisa.

—Pensé que no vendrías —dijo él cuando ella se acercó.

—Yo también —admitió Sofía con una sonrisa tímida.

Marcos le tendió una mano para ayudarla a entrar en la pista, y aunque dudó un segundo, finalmente la tomó. Su tacto era cálido a pesar del frío.

—¿Lista para la lección de hoy? —preguntó él, deslizándose con facilidad sobre el hielo.

—No creo que me sirva de mucho —respondió Sofía—. Sigo siendo torpe.

—Quizá, solo necesitas un maestro mejor.

Ella se rio suavemente, sintiendo por primera vez en días que su mente no estaba llena de pensamientos oscuros.

Patinaron juntos durante un rato, Marcos guiándola con movimientos suaves, corrigiendo su postura cuando era necesario.

—¿Por qué eres tan bueno en esto? —preguntó Sofía después de un rato.

Marcos bajó la velocidad y miró al suelo.

—Antes competía —dijo en voz baja—. Hasta que todo se fue a la mierda.

Sofía sintió curiosidad, pero no quiso presionarlo.

—¿Qué pasó?

Marcos se encogió de hombros.

—Tomé malas decisiones. Me metí con la gente equivocada.

—¿Qué tipo de gente? —preguntó ella con cautela.

Él la miró fijamente por un momento, como si estuviera decidiendo si debía contarle más.

—Gente que no olvida —dijo finalmente—. Gente que, si cometes un error, te lo hace pagar.

Sofía sintió un escalofrío recorrerle la espalda.

—Entonces… ¿por qué sigues aquí?

Marcos se rio sin humor.

—Porque, a veces, cuando corres demasiado, solo terminas cansado. Y, a veces, es mejor quedarse quieto y enfrentar lo que venga.

El silencio cayó entre ellos, solo interrumpido por el sonido de los demás patinadores. Sofía se mordió el labio, sin saber qué decir.

—Tienes muchas preguntas, ¿eh? —dijo Marcos con una sonrisa ladeada, rompiendo la tensión.

—Sí, pero no quiero presionarte.

—Lo sé —respondió él suavemente—. Y por eso sigues aquí.

Sofía no supo cómo interpretar esas palabras, pero su corazón latió más rápido.

Esa noche, cuando Sofía llegó a casa, encontró a Clara esperándola en la puerta.

—Sabía que estabas con él —dijo su amiga sin rodeos.

Sofía suspiró, sintiendo la confrontación venir.

—Clara, no es lo que piensas…

—Ah, ¿no? ¿Entonces qué es? ¿Por qué sigues hablando con él cuando todo el mundo sabe lo que ha hecho?

—Porque yo no sé lo que ha hecho —respondió Sofía, cruzando los brazos—. Solo escucho rumores, pero nadie me dice nada concreto.

Clara la miró con incredulidad.

—Dios, Sofía, ¿de verdad necesitas pruebas? Hay historias de sobra. Se metió en peleas, estuvo envuelto en problemas con la policía. Dicen que tenía contactos con tipos peligrosos. ¡Incluso lo expulsaron de su antigua escuela!

Sofía sintió su estómago hundirse. Sabía que Marcos tenía un pasado complicado, pero escucharlo de boca de su amiga lo hacía más real.

—Mira, solo te lo digo porque me importas —continuó Clara, más calmada—. No quiero que termines lastimada.

Sofía bajó la mirada.

—Lo sé… pero no creo que sea un mal tipo.

Clara suspiró con frustración.

—Solo… ten cuidado, ¿sí?

Sofía asintió, pero en su corazón, sabía que ya estaba demasiado involucrada.

Unos días después, Marcos la invitó a dar un paseo por el parque. Era de noche y el aire estaba frío, pero Sofía aceptó sin dudarlo.

—¿Sabes? —dijo Marcos mientras caminaban por un sendero solitario—. No suelo confiar en la gente tan rápido.

—Entonces ¿por qué confías en mí? —preguntó ella.

Marcos la miró de reojo y sonrió levemente.

—Porque no me miras como los demás.

Sofía sintió que su pecho se apretaba. Había algo tan honesto en sus palabras que le resultaba imposible no creerle.

—Marcos… ¿qué es lo que realmente pasó en tu otra escuela?

Él se detuvo en seco. Su mandíbula se tensó y, por un momento, Sofía pensó que se negaría a contestar. Pero, finalmente, suspiró.

—Alguien me traicionó.

—¿Cómo?

—Yo confiaba en alguien, pero me usaron. Me metieron en algo que nunca debí haber aceptado y cuando las cosas se salieron de control, fui el único que pagó el precio.

Sofía sintió su corazón latir más fuerte.

—¿De qué hablas?

Marcos la miró a los ojos y, por primera vez, Sofía vio algo más que arrogancia en su mirada: dolor.

—Si te lo cuento, prométeme que no me verás diferente.

Sofía tragó saliva.

—Lo prometo.

Marcos asintió lentamente y, entonces, con voz baja, finalmente le contó la verdad.

Y, en ese momento, Sofía comprendió que estaba en un camino del que, tal vez, no habría vuelta atrás.

El viento frío golpeaba el rostro de Sofía mientras esperaba la respuesta de Marcos.

—Me culparon de algo que no hice —dijo él en voz baja—. Pero no soy del todo inocente tampoco.

Sofía sintió un nudo en el estómago.

—¿Qué pasó exactamente?

Marcos miró hacia el suelo, pateando una piedra con el pie.

—Había un tipo en mi antigua escuela, Julián. Era… alguien con poder, no solo por su familia, sino por la gente con la que se juntaba. Me metí en su grupo porque pensé que eso me haría intocable.

Sofía se cruzó de brazos, sintiendo el peso de la confesión.

—¿Pero no fue así?

Marcos soltó una risa amarga.

—No. Un día, Julián y su grupo planearon algo grande. Algo ilegal. Me pidieron que los ayudara y fui lo bastante idiota para aceptar.

Sofía sintió que el aire se volvía más pesado.

—¿Qué hicieron?

Marcos la miró directamente a los ojos.

—Robaron dinero. Mucho. Lo hicieron parecer un accidente, una broma pesada que salió mal, pero yo… fui el único que atraparon.

El corazón de Sofía latía con fuerza.

—Pero ¿por qué a ti?

—Porque Julián tenía contactos. Porque su familia tenía dinero. Yo solo era el chico nuevo que podía ser desechado. Así que me expulsaron, me marcaron como un problema y me dejaron cargar con todo.

Sofía se quedó en silencio, asimilando la historia.

—¿Alguna vez dijiste la verdad?

Marcos apretó la mandíbula.

—Sí. Pero a nadie le importó.

Sofía sintió una mezcla de rabia e impotencia por él.

—Eso es… injusto.

—Sí. Lo es —dijo Marcos con una sonrisa triste—. Por eso no dejo que la gente se acerque. Porque todos creen que saben quién soy sin siquiera preguntarme.

Sofía lo miró con el corazón acelerado.

—Yo te creo.

Por un momento, Marcos pareció sorprendido. Luego, una expresión de alivio cruzó su rostro.

—Gracias, Sofía.

Y, en ese instante, ella supo que ya no había marcha atrás.

Al día siguiente, Sofía no podía dejar de pensar en Marcos. Sin embargo, al llegar a la escuela, sintió que algo estaba mal.

Los susurros a su alrededor eran más fuertes de lo normal. Miradas de desaprobación la seguían mientras caminaba por el pasillo.

Cuando llegó a su casillero, Clara la estaba esperando con los brazos cruzados y una expresión de preocupación.

—¿Qué hiciste? —preguntó en voz baja.

Sofía frunció el ceño.

—¿De qué hablas?

Clara sacó su teléfono y le mostró la pantalla.

Era una publicación en el grupo de chismes de la escuela.

Cuidado con Sofía. Parece que ahora es amiga de criminales.
¿Será que ella también tiene algo que ocultar?

Sofía sintió que la sangre le hervía.

—¡Esto es ridículo!

—No es ridículo, Sofía —susurró Clara, mirando a su alrededor—. Es peligroso. Alguien quiere que te alejes de Marcos.

Sofía apretó los puños.

—¿Quién ha escrito esto?

—Nadie lo sabe. Pero escúchame, Sofi… —Clara bajó la voz— si sigues con esto, podrías salir lastimada.

Sofía tragó saliva.

—No puedo dejarlo solo. No después de lo que me ha contado.

Clara suspiró con frustración.

—Lo entiendo. Pero, por favor, ten cuidado.

Sofía asintió, pero en el fondo, sabía que las cosas estaban a punto de complicarse mucho más.

Esa tarde, Sofía fue a la pista de hielo como siempre. Pero, esta vez, Marcos no estaba solo.

Había un chico esperándolo. Alto, con una sonrisa burlona y una actitud arrogante.

Cuando Sofía se acercó, el chico la miró con interés.

—Así que tú eres la famosa Sofía.

Marcos se tensó de inmediato.

—Julián, lárgate.

Sofía sintió que su corazón se detenía. ¿Ese era Julián? Él ignoró a Marcos y le sonrió a ella.

—No te preocupes, no estoy aquí para pelear. Solo quería conocer a la chica que piensa que puede cambiar a mi viejo amigo.

—No necesito cambiar a nadie —respondió Sofía con frialdad.

Julián sonrió aún más.

—Qué valiente. Pero dime, ¿ya te ha contado toda la historia? ¿O solo la parte en la que él es la víctima?

Marcos dio un paso adelante.

—No juegues con ella.

—Tranquilo, tranquilo —dijo Julián, levantando las manos—. Solo quería saludar. Pero un consejo, Sofía… a veces, las cosas no son tan simples como parecen.

Con una última sonrisa, Julián se dio la vuelta y se marchó. Sofía sintió que su cuerpo estaba rígido por la tensión.

—¿Qué cojones ha sido eso?

Marcos apretó los dientes.

—Una advertencia.

Sofía lo miró fijamente.

—Marcos… ¿hay algo más que no me hayas contado?

Él la miró con ojos oscuros y atormentados.

—Sí. Y si Julián está aquí… entonces significa que el pasado no ha terminado conmigo.

Sofía sintió un escalofrío recorrerle la espalda.

Y, por primera vez, tuvo miedo de lo que estaba por venir.

El aire nocturno estaba helado. Sofía caminaba de un lado a otro en su habitación, inquieta, con una sensación extraña en el pecho.

Algo no estaba bien. No sabía por qué, pero su instinto le decía que Marcos estaba en problemas.

El sonido de su teléfono la sacó de sus pensamientos. Cuando vio el mensaje en la pantalla, su sangre se heló.

3

Marcos está en problemas. Lo han encontrado en la parte trasera de la pista de hielo.

El corazón empezó a latirle con fuerza.

Sin pensarlo dos veces, agarró su chaqueta y salió corriendo, sin importar la hora ni la distancia.

Cuando llegó a la pista de hielo, la escena la dejó sin aliento.

Marcos estaba en el suelo, apoyado contra una pared. Su rostro estaba cubierto de sangre, su labio partido y un ojo hinchado. Se sujetaba el costado como si le doliera respirar.

—¡Marcos!

Sofía corrió hacia él y se arrodilló a su lado. Él abrió los ojos con dificultad y le dedicó una sonrisa débil.

—Sofía…

—¡¿Qué cojones te ha pasado?! —preguntó ella, con la voz temblorosa, tratando de no entrar en pánico.

—Nada… solo… un pequeño altercado.

Sofía lo miró con furia.

—No me vengas con eso. ¿Quién te hizo esto?

Marcos suspiró y apartó la mirada.

—Julián… y unos amigos suyos. Querían asegurarse de que no hablara más de lo que no debía.

Sofía apretó los puños.

—Pedazos de hijos de puta…

—No importa, de verdad…

—¡Sí importa! —gritó ella, haciendo que Marcos se sobresaltara—. ¡Esto no puede seguir así!

Él intentó levantarse, pero en cuanto movió el torso, una mueca de dolor se dibujó en su rostro.

—Estás hecho un desastre —dijo Sofía, preocupada—. No puedes irte a tu casa así.

Marcos negó con la cabeza.

—No quiero meterte en más problemas, Sofía…

—Ya estoy metida en esto —replicó ella con firmeza—. Vamos, te llevaré a mi casa.

Y, sin darle opción a negarse, pasó su brazo por detrás de su espalda y lo ayudó a levantarse. Marcos apenas podía sostenerse en pie, pero con la ayuda de Sofía, logró caminar.

Ella sabía que esto no iba a quedar así.

Cuando llegaron a la casa de Sofía, ella se aseguró de que su madre no estuviera cerca antes de guiar a Marcos hasta su habitación. Lo hizo sentarse en la cama y corrió al baño para buscar un botiquín.

—Siéntate bien y no te muevas mucho —le advirtió, sacando gasas, alcohol y vendas.

Marcos sonrió con ironía.

—Sí, enfermera.

—Esto no es un chiste, idiota —respondió ella, arrodillándose frente a él.

—Lo sé…

Sofía tomó un algodón con alcohol y lo acercó a la herida en su ceja.

—Esto va a doler.

—No puede ser peor de lo que ya es —bromeó él.

En cuanto el algodón tocó su piel, Marcos apretó los dientes y siseó por el dolor.

—¡Mierda!

—Te dije que iba a doler —murmuró Sofía.

Con paciencia, limpió cada herida con cuidado, tratando de no hacerle más daño del necesario. Pero en cada gesto, en cada roce, sentía su piel arder de una manera extraña.

Cuando terminó, le vendó el costado con delicadeza. Marcos respiró hondo.

—Gracias.

—No me las des. Esto no debería haber pasado.

Marcos la miró en silencio por un momento.

—No puedes hacer nada, Sofía. Así son las cosas.

—Eso es lo que ellos quieren que pienses —respondió ella, poniéndose de pie—. Pero yo no lo acepto.

Ella se alejó con los ojos brillando de furia. Marcos la conocía lo suficiente para saber que Sofía no iba a dejar eso así.

Y eso lo preocupaba.

—¿Quieres que qué?

Sofía cruzó los brazos, decidida.

—Tenemos que fingir que nos odiamos.

Marcos la miró como si estuviera loca.

—Eso no tiene sentido.

—Sí lo tiene —insistió ella—. Si Julián y sus amigos creen que ya no estamos en contacto, nos dejarán en paz.

Marcos suspiró.

—No sé si eso funcionará.

—Claro que sí. Además, así podremos planear sin que sospechen de nosotros.

Él la observó unos segundos antes de asentir.

—Está bien.

El plan se llevó a cabo al día siguiente.

En plena escuela, Sofía se acercó a Marcos con furia en los ojos y lo empujó.

—¡Eres un mentiroso de mierda! —gritó.

Marcos se quedó en *shock* por un segundo, pero luego recordó el plan y se metió en el papel.

—¡Tú tampoco eres ninguna santa, Sofía!

Todos en la escuela los miraban sorprendidos.

—¡No quiero volver a verte nunca más!

—¡Perfecto, porque yo tampoco!

Los murmullos comenzaron al instante. La noticia corrió como pólvora: Sofía y Marcos ya no eran amigos.

Y con eso, el primer paso de su plan se había completado. Esa misma tarde, Marcos fue a buscar a Julián.

Lo encontró en la cancha de baloncesto, rodeado de sus amigos.

—¿Qué haces aquí? —preguntó Julián con una sonrisa burlona.

—Esto termina hoy —dijo Marcos con firmeza.

Julián se rio.

—¿Y qué vas a hacer? ¿Llorar?

Marcos no respondió. En cambio, le lanzó un puñetazo directo a la cara.

El impacto hizo que Julián cayera al suelo.

Sus amigos se quedaron en *shock* por un segundo antes de reaccionar. Pero antes de que pudieran hacer algo, Julián levantó una mano.

—Dejadlo.

Se limpió la sangre del labio y sonrió.

—No importa, Marcos. Porque alguien más está viniendo por ti.

Marcos sintió un escalofrío.

—¿Qué quieres decir?

Julián se levantó lentamente y se acercó a su oído.

—Gonzalo.

El estómago de Marcos se revolvió.

Porque si Gonzalo estaba involucrado, esto iba a ponerse mucho peor.

El día había sido un infierno. Desde la supuesta pelea con Sofía hasta el enfrentamiento con Julián, Marcos sentía que todo estaba yendo demasiado rápido. Pero nada lo había dejado tan inquieto como ese nombre.

Gonzalo.

No tenía idea de qué planeaba, pero si Julián estaba dispuesto a retroceder solo porque alguien más se estaba metiendo, eso significaba que las cosas iban a ponerse serias.

A pesar de todo, había algo que Marcos tenía claro: necesitaba ver a Sofía.

No le importaba que estuvieran fingiendo estar peleados, ni que todo el colegio creyera que ya no se hablaban. Después de todo lo que había pasado, lo único que quería era estar con ella.

Sacó su teléfono y le mandó un mensaje:

Marcos: *Ponte el abrigo y baja.*

Sofía respondió casi al instante.

Sofía: *¿Qué? ¿Por qué?*

Marcos: *Confía en mí. Solo baja.*

Hubo una pausa antes de que apareciera la última notificación.

Sofía: *Dame cinco minutos.*

Marcos sonrió para sí mismo y se subió a su moto.

4

En cuanto la vio aparecer por la puerta de su casa, su corazón dio un vuelco. Llevaba un suéter grueso y largo, el famoso «abrigo» que usaba cuando hacía frío, y unos *jeans* ajustados. Su cabello estaba suelto, con algunas ondas desordenadas, y su expresión era una mezcla de confusión y curiosidad.

—¿A dónde me llevas? —preguntó, cruzándose de brazos.

—Súbete y lo verás —respondió Marcos, palmeando la parte trasera de su moto.

Sofía lo miró con una ceja levantada.

—¿Quieres que me suba ahí?

—¿Confías en mí o no?

Ella suspiró y rodó los ojos antes de sentarse con cuidado detrás de él, aferrándose a su espalda.

—Si nos matamos, será tu culpa.

—Relájate, soy un profesional.

Y con esa última frase, arrancó.

El viento revolvía su cabello, haciendo que algunos mechones le golpearan la cara. Al principio, Sofía se sujetó con fuerza, pero pronto se acostumbró al ritmo del patinete y se permitió cerrar los ojos por un momento, disfrutando de la sensación de libertad.

El viaje duró alrededor de quince minutos. Pronto dejaron atrás las luces de la ciudad y entraron en una zona más boscosa. Sofía frunció el ceño.

—¿Dónde estamos?

—Casi llegamos.

La curiosidad se apoderó de ella.

Finalmente, se detuvieron en lo que parecía un sendero oculto entre los árboles. Marcos bajó primero y le ofreció la mano.

—Ven.

Ella dudó un momento antes de tomarla.

Caminaron por el sendero de tierra, con el sonido de las hojas crujiendo bajo sus pies. Y, entonces, el paisaje se abrió ante ellos.

Un lago inmenso se extendía bajo el cielo, reflejando los últimos tonos del atardecer en su superficie. El agua era tan clara que se podía ver el reflejo del sol hundiéndose en el horizonte, tiñendo todo de naranjas, rosas y violetas.

Sofía sintió que se le escapaba el aliento.

—Dios… —susurró—. Es increíble.

Marcos sonrió.

—Lo sé.

—¿Cómo encontraste este lugar?

—Fue hace unos años. A veces, solo necesitaba alejarme de todo… y terminé aquí.

Sofía apartó la mirada de la vista para enfocarse en él.

—¿Por qué me has traído?

Él no respondió de inmediato. En su lugar, la tomó suavemente de la mano y la llevó hasta la orilla, donde el césped se sentía fresco bajo sus piernas al sentarse.

—Porque quería compartirlo contigo.

Sofía se quedó en silencio, observándolo. Había algo en su voz, en su mirada, que la hizo sentir algo extraño en el pecho. Algo cálido. Algo aterrador. El atardecer comenzaba a desvanecerse, dando paso a la penumbra. El cielo se oscurecía lentamente y las estrellas empezaban a asomarse tímidamente sobre ellos.

Sofía abrazó sus piernas, sintiendo la brisa fría del lago acariciar su rostro.

—Es un lugar perfecto para pensar —susurró.

Marcos asintió.

—Siempre vengo cuando necesito poner mi cabeza en orden. Pero ahora… ya no necesito venir solo.

Sofía giró el rostro hacia él.

—¿Qué quieres decir?

Marcos tomó aire, como si estuviera reuniendo valor para decir lo que llevaba tanto tiempo guardando.

—Desde que llegaste… todo cambió.

Ella parpadeó, sorprendida.

—¿Para bien o para mal?

—Para bien.

Sofía sintió su corazón latir con fuerza. Marcos bajó la mirada por un momento antes de continuar.

—Antes de ti, las cosas eran más complicadas. Me sentía atrapado, como si estuviera luchando en una batalla que no podía ganar. Pero luego apareciste tú, con tu risa, con tus locuras… y todo empezó a sentirse más ligero.

Sofía bajó la vista, sintiendo un nudo en la garganta.

—Marcos…

Él levantó una mano y, con una suavidad que la dejó sin aliento, acarició su mejilla. Sofía cerró los ojos, sintiendo su piel arder bajo su toque.

—Gracias por aparecer en mi vida —susurró él.

Sus rostros estaban tan cerca que podía sentir su respiración mezclándose con la suya. Sofía sintió un vértigo extraño en el estómago, una sensación de anticipación que la dejó paralizada.

Y, entonces, sin pensarlo más, Marcos inclinó el rostro y sus labios se encontraron en un beso.

Al principio fue lento, como si ambos estuvieran probando la sensación. Pero pronto se volvieron más seguros, más entregados.

Sofía sintió un cosquilleo recorriendo su piel, una calidez expandirse por su pecho.

Cuando se separaron, ella abrió los ojos lentamente, encontrando los de Marcos brillando en la penumbra.

—Esto es una locura —murmuró.

—Lo sé.

Pero ninguno de los dos quiso detenerse. El primer beso había sido solo el principio. El beso había cambiado todo.

Mientras el viento helado soplaba sobre el lago, Sofía y Marcos permanecieron en silencio, sus respiraciones aún agitadas, sus cuerpos inmóviles pero sus corazones latiendo como si quisieran escapar de sus pechos.

Sofía se mordió el labio, todavía sintiendo el roce de los labios de Marcos en los suyos. No se había esperado aquello. Había deseado que pasara, pero jamás pensó que él se atrevería.

Ahora, la pregunta era: ¿qué significaba todo esto?

—Dime algo —murmuró él, con la voz baja, como si tuviera miedo de romper la magia del momento.

Ella lo miró.

—¿Qué quieres que te diga?

Marcos suspiró y bajó la vista al agua oscura del lago.

—No sé… No quiero que pienses que esto fue un impulso o algo sin importancia. Porque no lo fue.

Sofía sintió su estómago dar un vuelco.

—¿Entonces qué fue?

Él la miró de nuevo. Esta vez no había duda en sus ojos.

—Fue lo que tenía que pasar.

El corazón de Sofía se apretó en su pecho.

El problema no era lo que sentía por él. El problema era todo lo demás. El peligro que los rodeaba, la mentira que mantenían frente a los demás, la tensión con Julián, y ahora el nuevo problema que Marcos tenía encima.

Ella cerró los ojos por un momento, tratando de ordenar sus pensamientos.

—Esto… esto es una locura, Marcos.

—Lo sé.

—Si alguien se entera, va a ser un desastre.

—Lo sé.

—Entonces…

Él la interrumpió, acercándose de nuevo, tan cerca que podía sentir su aliento sobre su piel.

—Dime que no lo sentiste. Dime que fue un error.

Sofía abrió la boca, pero las palabras se quedaron atoradas en su garganta.

Porque no podía.

No podía decir que había sido un error cuando todavía sentía su piel ardiendo con su toque.

—No puedo —susurró al final.

Marcos sonrió, pero no fue una sonrisa de victoria. Fue una sonrisa tranquila, de alivio.

—Entonces, encontraremos la manera.

Sofía lo miró, sintiendo una extraña mezcla de miedo y emoción en su pecho.

Estaban cruzando una línea peligrosa. Pero ya no había vuelta atrás. El camino de regreso fue silencioso, pero no incómodo. Sofía se aferró a Marcos mientras la moto deslizaba por las calles desiertas, y aunque no hablaron, ambos sabían que nada volvería a ser igual.

Cuando llegaron a su casa, Marcos se detuvo frente a la entrada y la miró.

—Nos vemos mañana.

Sofía asintió, pero, antes de entrar, se giró y, en un impulso, se inclinó y rozó su mejilla con un suave beso.

—Gracias por esta noche —susurró.

Marcos la observó con una intensidad que le hizo arder las mejillas.

—Siempre.

Y con eso, desapareció en la oscuridad.

Al día siguiente, en el instituto, todo volvió a la normalidad. O al menos, eso parecía.

5

Sofía pasó al lado de Marcos en los pasillos sin mirarlo, como si la discusión que habían fingido días atrás aún siguiera vigente. Él hizo lo mismo, mostrando una indiferencia absoluta.

Pero en cuanto nadie los miraba, Marcos le pasaba notas en los libros, pequeños mensajes escritos con tinta azul que la hacían sonreír sin querer.

Después de clase, en el viejo gimnasio.

Sofía disimuló la emoción en su rostro y se guardó la nota en el bolsillo.

Cuando sonó el timbre del final del día, esperó unos minutos antes de salir del aula. Caminó con calma, como si no tuviera prisa, pero en cuanto giró la esquina, apresuró el paso.

El viejo gimnasio estaba en desuso, pero la puerta lateral aún servía. Entró y lo encontró allí, esperándola.

Antes de que pudiera decir algo, Marcos la tomó de la mano y la empujó suavemente contra la pared, inclinándose hasta que sus labios quedaron a centímetros de los suyos.

—¿Cuánto crees que podremos seguir con esto sin que nos descubran? —susurró.

Sofía tragó saliva.

—Lo suficiente.

Marcos sonrió y, sin esperar más, la besó de nuevo.

Los días pasaron con esa extraña dinámica. En público, seguían siendo enemigos. En privado, se encontraban en rincones oscuros, en lugares donde nadie los veía. Cada beso robado, cada caricia escondida, cada mirada a través de una multitud… todo hacía que la adrenalina corriera por sus venas.

Pero mientras ellos jugaban con el peligro, algo más oscuro se estaba gestando.

Julián no era el único problema de Marcos.

Una tarde, mientras caminaba por las calles del barrio, Marcos sintió que lo seguían. Se giró, pero no vio a nadie.

Aceleró el paso y, de repente, una figura se interpuso en su camino.

—Vaya, vaya. Así que tú eres Marcos.

El chico frente a él era alto, de cabello oscuro y una mirada que destilaba peligro. No lo había visto antes, pero algo en él le decía que no traía nada bueno.

—¿Quién eres tú? —preguntó Marcos, tensando los puños.

El desconocido sonrió de lado.

—Alguien que sabe todo sobre ti. Y, créeme, vas a desear no haberme conocido.

Marcos sintió un escalofrío recorrer su espalda. Sabía que algo malo se avecinaba.

Y esta vez, ni siquiera Sofía podía salvarlo.

Marcos mantuvo la mirada fija en el desconocido, sin dar un solo paso atrás. Aunque su corazón latía con fuerza, no iba a demostrar miedo.

—No sé quién eres, pero si tienes algo que decir, dilo ya.

El chico sonrió, una sonrisa ladeada y burlona.

—Mi nombre no importa. Lo que importa es que sé muchas cosas de ti. Sé lo que le hiciste a Julián, sé lo que escondes, sé con quién te ves a escondidas…

Marcos apretó los puños.

—No tienes ni idea de lo que estás hablando.

—Oh, sí la tengo. —El chico dio un paso adelante, inclinándose apenas—. Y si no quieres que todos lo sepan, será mejor que aprendas a escuchar.

Marcos sintió el impulso de golpearlo, pero se contuvo.

—¿Qué quieres?

El chico sonrió con superioridad.

—Te lo haré saber muy pronto.

Y con eso, se giró y desapareció en la oscuridad.

Marcos sintió un escalofrío recorrerle la espalda. Algo le decía que este nuevo problema era más grande de lo que imaginaba.

Y que Sofía estaba en el centro de todo.

Sofía notó que algo andaba mal con Marcos desde el momento en que lo vio en el instituto al día siguiente.

Estaba tenso, distraído, con una mirada que se perdía en los pasillos.

Cuando por fin lograron encontrarse a solas en el viejo gimnasio, Sofía cruzó los brazos y lo miró fijamente.

—Dime qué pasa.

Marcos exhaló con frustración, pasando una mano por su cabello.

—Anoche… alguien me siguió.

El corazón de Sofía se detuvo por un segundo.

—¿Quién?

—No lo sé. Un tipo que parecía saberlo todo sobre mí. Sobre nosotros.

Sofía sintió un escalofrío.

—¿Crees que nos han visto?

Marcos no respondió de inmediato, pero la mirada que le dirigió bastó como respuesta.

Sofía tragó saliva.

—Esto es malo.

—Lo sé.

Un silencio tenso se instaló entre ellos. Por primera vez, sentían que su secreto estaba realmente en peligro.

Pero Sofía no iba a permitir que nadie destruyera lo que habían construido.

—Voy a averiguar quién es —dijo con determinación—. Y cuando lo sepa, encontraremos la forma de detenerlo.

Marcos la miró con una mezcla de admiración y preocupación.

—Sofía, esto puede ser peligroso.

—Todo esto ha sido peligroso desde el primer día —susurró ella, acercándose—. Pero no pienso darme por vencida.

Marcos la miró y, por un segundo, el miedo desapareció. Porque, sin importar lo que viniera, estaban juntos en esto. Y no pensaban rendirse.

Sofía comenzó a investigar.

Pasó los días observando a los alumnos, buscando cualquier indicio de alguien que pudiera ser el chico que había amenazado a Marcos.

Y entonces lo vio.

Estaba en la parte trasera del patio, hablando con un grupo de chicos. No era un estudiante común. Su presencia imponía y su mirada era afilada como un cuchillo.

Sofía se acercó con cautela, quedándose a una distancia prudente.

No tardó en escuchar su nombre.

—La chica esa… Sofía. Debemos vigilarla también.

El estómago de Sofía se contrajo.

Entonces era cierto.

Ese tipo sabía algo sobre ella y Marcos.

Sofía no dudó. Se giró y se alejó rápidamente antes de que la vieran.

No tenía dudas: ese chico era un problema.

Y necesitaba encontrar la manera de detenerlo antes de que fuera demasiado tarde.

Cuando Sofía le contó a Marcos lo que había descubierto, él se quedó en silencio durante varios segundos.

—Entonces sí sabe de nosotros —dijo al fin.

Sofía asintió.

—Y no creo que se quede de brazos cruzados.

Marcos apretó la mandíbula.

—Tenemos que hacer algo.

Sofía lo miró con determinación.

—Tengo una idea.

Marcos arqueó una ceja.

—Dime.

Sofía respiró hondo.

—Si quiere descubrirnos… le daremos lo que quiere.

Marcos frunció el ceño.

—¿Qué estás diciendo?

—Fingiremos que nos han descubierto. Dejaremos que piense que ganó.

Marcos entendió de inmediato.

—Y cuando baje la guardia…

—Lo destruimos —terminó Sofía con una sonrisa peligrosa.

Marcos la miró con una mezcla de asombro y admiración.

—Eres increíble.

Sofía sonrió.

—Lo sé.

Y así, con un nuevo plan en mente, ambos se prepararon para la batalla que estaba por venir.

Esta vez, no iban a perder. El plan estaba en marcha.

Sofía y Marcos sabían que estaban jugando con fuego, pero no podían permitir que ese tipo los controlara. Fingirían que su relación había sido descubierta, que su mundo se derrumbaba frente a los ojos de todos. Y cuando el enemigo creyera que los tenía bajo su poder, lo desarmarían.

El primer paso era asegurarse de que la noticia se filtrara.

Durante el día, comenzaron a dejar pequeñas pistas: miradas prolongadas en los pasillos, encuentros «casuales» en lugares concurridos, incluso una discusión acalorada frente a otros alumnos, lo suficientemente intensa como para que la gente hablara.

—No puedes decirme qué hacer, Marcos —soltó Sofía en medio del pasillo principal, con la voz elevada, asegurándose de que todos los que pasaban escucharan.

Marcos jugó su papel a la perfección, exhalando con frustración.

—No estoy diciendo eso, Sofía. Solo quiero protegerte.

—No necesito que me protejas —dijo ella, con los brazos cruzados y una expresión herida—. No después de todo lo que ha pasado.

Las personas a su alrededor comenzaron a susurrar, algunos, incluso, sacaron sus teléfonos para grabar la escena. Justo lo que querían.

El rumor comenzó a correr.

El nuevo problema de Marcos no tardaría en enterarse. Y cuando lo hiciera, caería en la trampa.

Horas más tarde, cuando la tensión del día aún pesaba sobre ellos, Marcos y Sofía se encontraron en un callejón sin salida, lejos de miradas curiosas.

Las luces de la calle apenas iluminaban el lugar, y la noche envolvía el ambiente con un silencio casi reconfortante.

Se sentaron en las escaleras oxidadas de una antigua salida de emergencia, sintiendo el frío del metal bajo sus cuerpos.

Sofía se abrazó las piernas, mirando al suelo, pensativa. Marcos la observó de reojo, notando la expresión en su rostro.

—¿En qué piensas? —preguntó en voz baja.

Ella tardó unos segundos en responder.

—En nosotros. En lo que estamos haciendo.

Marcos frunció el ceño.

—¿Tienes dudas?

Sofía negó con la cabeza, pero su mirada seguía perdida en la nada.

—No… al contrario.

Marcos se quedó en silencio, esperando que continuara. Sofía suspiró y apoyó la barbilla en sus rodillas.

—Por primera vez en mucho tiempo, siento que tenemos el control.

Marcos la estudió con atención.

—Lo tenemos —afirmó—, pero eso no significa que no sea peligroso.

Sofía giró el rostro hacia él y esbozó una sonrisa ladeada.

—El peligro nunca nos ha detenido antes.

Marcos dejó escapar una risa suave, aunque sus ojos reflejaban preocupación.

—No, pero esta vez es diferente. Estamos apostando todo.

Sofía asintió lentamente.

—Y por eso vamos a ganar.

El silencio los envolvió por un instante. Solo se escuchaba el murmullo lejano de la ciudad y el zumbido de una farola parpadeante.

Marcos pasó una mano por el pelo y fijó la vista en un punto indefinido del suelo.

—Cuando esto termine…

—Cuando esto termine, seremos libres —completó Sofía, con una certeza férrea en la voz.

Marcos la miró y, por un momento, todo el riesgo, toda la estrategia, todo el peligro pareció desvanecerse. Solo quedaban ellos dos, juntos en aquella noche fría, aferrándose a la única certeza que realmente importaba: no estaban solos en esto.

Sofía extendió una mano y la apoyó sobre la de Marcos. Él entrelazó sus dedos con los de ella sin dudar.

—Vamos a terminar lo que empezamos —susurró él.

—Y no dejaremos que nos destruyan —susurró ella de vuelta.

Después de varios segundos de silencio, Sofía, con los ojos brillantes, le dijo:

—Prométeme una cosa, Marcos.

—Dime, Sofía.

—Prométeme que te alejarás de todo esto, que no volverás a tener ninguna pelea, hazme ver que eres como yo pienso y no como la gente dice. Prométeme que seremos libres de verdad… prométemelo, por favor.

—Te lo prometo, Sofía.

6

La cafetería de siempre estaba llena de risas y murmullos. El aroma a café recién hecho se mezclaba con el suave sonido de las conversaciones, creando una atmósfera acogedora que siempre había sido su refugio. Marta, Clara y Sofía se sentaron en la mesa del rincón, esa que habían ocupado tantas veces durante sus años de amistad. Era el lugar perfecto para hablar, para compartir, para reír. Pero esta vez Sofía no se sentía igual.

Marta la miraba con una curiosidad que no podía ocultar. Había algo en su amiga que la inquietaba. La había visto ir y venir en los últimos meses, pero jamás había estado realmente presente. Sofía siempre encontraba excusas para no quedar, para no salir de casa y, aunque Marta intentó darle espacio, no podía dejar de preguntarse qué le pasaba.

—Sofía —dijo Marta, frunciendo el ceño—. ¿Por qué llevas dos meses desaparecida? No hemos quedado ni una sola vez. ¿Qué te pasa? Estás rara. No eres la misma de antes.

Sofía sintió que la mirada de Marta se clavaba en ella. No era como si quisiera esconder lo que le había estado pasando, pero no estaba lista para contarle todo. Aún no. No quería revivir la angustia que había sentido durante la ruptura con Andrés ni mucho menos hablar de Marcos, aunque algo en su pecho comenzaba a arder cada vez que pensaba en él.

Marta la miró con impaciencia, esperando una respuesta. Sofía suspiró, se recostó en su silla y empezó a hablar, aunque sus palabras salieron entrecortadas.

—Es… que he estado pasando por mucho, ya sabes. Pensando, reflexionando… —Pausó y miró al vacío por un segundo, antes de continuar—: Hay algo en mi vida que ha cambiado… Empecé a darme cuenta de lo que realmente quiero. Y, a veces, es difícil entenderlo, porque estoy acostumbrada a que las cosas sean complicadas, a que no sean fáciles.

Clara, que hasta ese momento había estado en silencio, frunció el ceño y cruzó los brazos. No era como ella estar tan callada y Sofía pudo ver que estaba inquieta. Sin embargo, lo que realmente la sorprendió fue el tono que usó Clara cuando habló.

—¿Quieres decir que todo esto tiene que ver con… Marcos? —preguntó Clara levantando una ceja.

El nombre de Marcos hizo que Sofía sintiera una oleada de calor en el pecho y sus mejillas se sonrojaron ligeramente. No lo podía evitar. La presencia de Marcos en su vida se estaba volviendo algo imposible de ignorar. El chico que la había ayudado a ver la vida de otra manera, que la había tratado con respeto y cariño, sin esperar nada a cambio. La idea de compartir eso con sus amigas la inquietaba, pero algo en ella quería ser honesta.

Sofía miró a sus amigas y asintió, aunque no sabía por dónde empezar. A pesar de sus sentimientos, se sentía vulnerable. Había algo en ella que temía la reacción de Clara, la más directa de las tres.

—Sí… —dijo con una voz más suave, pero firme—. Me gusta Marcos. Y no sé cómo decirlo, porque es algo que nunca esperé. Pero me siento bien cuando estoy con él. Y me hace pensar que tal vez, solo tal vez, el amor no siempre es como lo conocía con Andrés.

Clara soltó una risa siniestra, casi burlona, y le dio un sorbo a su café.

—¿Marcos? ¿En serio? ¿No estás un poco loca? ¿Después de todo lo que pasaste con Andrés vas a lanzarte a algo con él? Sabes lo que me parece, ¿no? Es como si estuvieras buscando algo que no existe. Marcos creerás que es un buen chico, pero… no es Andrés. No tienes que compararlo con él. No deberías.

Las palabras de Clara fueron como una bofetada para Sofía. La frustración la invadió, y sin pensarlo, se levantó de su asiento, el corazón latiendo con fuerza. No quería que nadie dudara de lo que sentía, no después de todo lo que había pasado. Ella ya no era la misma de antes. Ya no era la Sofía que se dejaba manipular por las palabras vacías de Andrés.

—No sabes lo que estás diciendo, Clara. —Su voz se volvió firme y un brillo intenso apareció en sus ojos—. No es que esté buscando algo que no exista. Estoy buscando algo real. Algo que me haga sentir en paz, algo que me respete y que me quiera tal como soy.

»Lo que sentí con Andrés no era amor. Era control, era mentira. Cada vez que me decía que me quería, sentía que mi alma se desvanecía, que me anulaba. Nunca era suficiente. Me decía que era insegura, que siempre estaba haciendo algo mal y me hacía sentir que nunca merecía su amor. Pero Marcos… Marcos no me trata así. Él me ve. Me escucha. No me hace sentir que tengo que cambiar para ser amada. Con él, no hay juegos. No hay mentiras.

Sofía respiró profundamente, sintiendo la rabia mezclada con una extraña sensación de liberación al poner en palabras todo lo que sentía.

—No estoy buscando un príncipe azul. No estoy buscando a nadie perfecto, ni a alguien que me haga olvidar el pasado. Estoy buscando a alguien que me haga sentir valiosa, alguien que me quiera de verdad. Y sé que no es Andrés, ni alguien como él. Ya no quiero eso.

Las palabras salieron con una fuerza que Sofía no sabía que tenía. Su cuerpo temblaba, pero no por miedo, sino por la fuerza de lo que acababa de decir. Había dejado atrás todo lo que había sido y lo que había creído, y ahora podía ver con claridad.

Marta la observaba en silencio, sorprendida por la fuerza de su amiga, pero también entendiendo lo que Sofía necesitaba decir. Clara, por otro lado, parecía menos convencida, pero, aun así, no podía negar la sinceridad en los ojos de Sofía.

Finalmente, Clara suspiró, dejando caer sus brazos al costado.

—Vale, vale… quizás estoy siendo demasiado dura. No sé por qué, pero todavía me cuesta creer que estés tan… convencida —dijo Clara, aunque su tono era menos desafiante—. Pero si realmente te hace feliz, Sofía, entonces lo único que importa es eso.

Sofía sonrió, agradecida por las palabras de su amiga, aunque sabía que aún tenía mucho que demostrarse a sí misma, y a las personas que la rodeaban.

—Gracias, Clara. Yo tampoco sé qué va a pasar. Pero, por primera vez en mucho tiempo, siento que estoy tomando las decisiones correctas para mí. Y eso, de alguna manera, me hace sentir libre.

Las tres chicas se quedaron en silencio por un momento, cada una pensando en lo que acababa de decirse. El futuro era incierto, pero Sofía sabía que, pase lo que pase, no quería seguir atrapada en los ecos del pasado. Y quizás, solo quizás, con Marcos a su lado, podía empezar a escribir un nuevo capítulo en su vida.

El viento soplaba con fuerza esa noche. El cielo oscuro estaba apenas iluminado por las luces dispersas de la ciudad, que brillaban como pequeños puntos de esperanza en medio de la oscuridad. Marcos caminaba solo por las calles, las manos en los bolsillos de su chaqueta. El rostro cansado, como si la carga de sus decisiones lo hubiera alcanzado de golpe. Había tenido una conversación tan dura con Sofía que aún no sabía cómo procesarla. Sabía que ella tenía razón, pero al mismo tiempo, no sabía cómo salir de su propio tormento.

Había prometido que cambiaría, que se alejaría de la vida que lo había arrastrado durante tanto tiempo. Pero lo cierto es que sentía que se estaba hundiendo más con cada paso que daba. Sin embargo, algo en su interior le decía que si lograba que Sofía lo creyera, todo podría mejorar. Ella era la única persona que realmente lo veía, la única que había creído en él, incluso cuando él mismo no creía.

Mientras caminaba sin rumbo, perdido en sus pensamientos, una sombra apareció frente a él. No tuvo tiempo de reaccionar. Cinco hombres encapuchados, que parecían surgir de la nada, lo rodearon. Antes de que pudiera hacer algo, lo empujaron hacia un coche estacionado al lado de la acera.

—¡Ey, suéltame! —gritó Marcos, intentando soltarse, pero uno de ellos lo sujetó con fuerza, metiéndolo en el coche.

La puerta del coche se cerró de golpe, y los motores rugieron mientras este comenzaba a moverse. El miedo invadió el pecho de Marcos, pero no sabía qué estaba pasando ni por qué lo estaban secuestrando. Miró a su alrededor, viendo a los otros hombres en el coche. Sus rostros estaban ocultos por las capuchas, pero sus ojos brillaban con una amenaza clara.

Uno de los hombres, el que estaba a su lado, se inclinó hacia él y, con voz grave, dijo:

—Escucha bien, Marcos. No tienes ni idea de lo que estás haciendo con Sofía. No te pertenece. Así que si no quieres que ella te odie para siempre, más vale que dejes de seguirla. No te conviene.

Marcos sintió un escalofrío recorrer su espalda. ¿Qué querían decir con eso? ¿Quiénes eran esos hombres?

—¿Qué estás diciendo? —preguntó, con la voz rasposa, intentando comprender la amenaza.

El hombre sacó un teléfono móvil y comenzó a mostrarle una serie de fotos. Marcos observó con horror cómo en las imágenes se veía a Sofía, manipulada digitalmente, rodeada de personas que no pertenecían a su vida. Imágenes alteradas que mostraban a Sofía en situaciones comprometedoras, distorsionadas de forma que parecía como si ella hubiera estado involucrada en algo turbio.

—Estas fotos no significan nada —dijo Marcos, con la mandíbula apretada, tratando de no ceder al miedo.

—Claro que lo significan —respondió el hombre, sonriendo con desdén—. Solo tienes que pensarlo un poco. Estas imágenes harán que Sofía te odie, ¿sabes? ¿Qué tal si se entera de lo que hemos hecho con su vida? ¿Qué tal si le mostramos más? Todo lo que tienes que hacer es quedarte lejos de ella. Y si lo haces, te dejaremos tranquilo.

Marcos no podía creer lo que estaba oyendo. Los hombres se reían entre ellos mientras él trataba de mantener la calma. Pero en cuanto uno de ellos lo golpeó en el rostro, sintió cómo la sangre comenzaba a brotar de su labio, y la desesperación creció dentro de él. No podía permitir que Sofía lo viera así. No podía permitir que la destruyeran de esa manera.

—No vas a tocarla. No voy a dejarla —dijo, entre dientes, a pesar del dolor y la angustia que sentía.

Uno de los hombres lo miró fijamente y le dio un golpe más en el estómago, dejándolo sin aliento.

—¿No vas a dejarla? Entonces no te sorprendas si la pierdes para siempre, Marcos. Todo esto es por tu bien.

El hombre le sacó el teléfono de la mano y borró el mensaje que había intentado escribirle a Sofía. Luego, con una sonrisa cruel, añadió:

—No te preocupes. Pronto lo sabrá todo. Y te odiará. No puedes salvarla de lo que hemos hecho.

Marcos, tambaleándose y con la vista nublada por el dolor, consiguió encontrar su teléfono en su bolsillo. Los hombres lo miraban, pero no prestaban atención. De alguna manera, consiguió escribir un mensaje.

Marcos: *Sofía, sé que esto parece terrible, pero te prometo que cambiaré. Que voy a ser diferente. Lo que hemos vivido tiene que ser real. No te dejaré, no dejaré que esto nos destruya. No voy a permitir que nadie nos separe. Lo que más quiero es que podamos ser felices juntos, sin importar lo que digan los demás. Tú y yo, juntos, en el mundo. Todo lo que quiero es que me creas. Yo te amo y lo haré todo por ti. No dejes que el miedo te gane. Vamos a salir de esto. Sé que podemos.*

Lo envió rápidamente antes de que lo pudieran detener. Justo después, los hombres lo empujaron fuera del coche, dejándolo caer sobre el asfalto. La puerta se cerró con un estruendo y el coche se alejó rápidamente, desapareciendo en la oscuridad.

Marcos se quedó en el suelo, respirando con dificultad, sintiendo el sabor de la sangre en su boca. Con esfuerzo, logró levantarse y, tambaleante, caminó hasta un banco cercano. Se sentó allí, dándose tiempo para recomponerse. No quería que Sofía lo viera en ese estado, pero sabía que tenía que decirle la verdad. A pesar de todo lo que había sucedido, su amor por ella no se había desvanecido.

Mientras tanto, en su casa, Sofía estaba tendida en su cama. No entendía el motivo del mensaje de Marcos. Había llegado de repente, sin previo aviso, y la tomó por sorpresa. ¿Qué querría decirle? Con una ligera sensación de incertidumbre, decidió responderle con calma.

—¿Qué pasa, Marcos? ¿Todo bien? Yo también te quiero —preguntó, tratando de sonar natural, aunque la confusión seguía rondando en su mente.

Sofía no entendía nada. Minutos después seguía en su cama con los ojos rojos de tanto llorar. El mensaje de Marcos la había dejado completamente desbordada. No podía creer lo que estaba leyendo. Todo parecía tan caótico, tan imposible. Pero había algo en las palabras de Marcos que la tocaba profundamente. Sabía que, a pesar de las sombras que los rodeaban, él no estaba mintiendo.

Marcos realmente la amaba.

El teléfono de Sofía vibró nuevamente. Era una respuesta de él. Marcos había contestado a su mensaje con algo que le arrancó un suspiro de desesperación.

Marcos: *Sé que parece imposible, pero aún quiero que seamos algo real. Quiero que estemos juntos, sin que nadie nos haga daño. Sé que esto es difícil de creer, pero te juro que no quiero que te lastimen. Lo que quiero es estar a tu lado, sin importar lo que* *digan los demás. Esto no es fácil, pero lo único que sé es que no puedo dejarte ir. Tú eres mi todo.*

Sofía sintió que su corazón se rompía al leer esas palabras. ¿Cómo podía negar lo que sentía por él? No podía. No quería. Con las manos temblorosas, escribió rápidamente:

Sofía: *Necesito verte. Necesito hablar contigo en persona. Esto no puede quedar así, no puedo seguir sin entender lo que pasa. No quiero perderte.*

Marcos, en su lugar, vio el mensaje y suspiró. Estaba temblando por todo lo que había sucedido esa noche, pero había una certeza en su interior: no podía dejar que Sofía se alejara. No quería perderla. Necesitaba verla, hablar con ella.

Marcos: *Sé que todo esto está mal, pero si nos vemos, será lo único que nos quede. No quiero que arriesgues tu vida por mí, pero necesito verte. Te prometo que cambiaré, que lucharemos por nosotros. Te espero en los trasteros abandonados, donde nadie nos pueda ver. No quiero ponerte en peligro, pero tampoco quiero que nos separemos.*

Sofía leyó el mensaje y no lo dudó ni un segundo. No importaba lo que pasara. No importaba cuánto tuviera que luchar por él. Ella lo amaba y no iba a dejar que nada ni nadie lo destruyera.

Sofía: *Imposible no es que algo pase entre nosotros. Imposible es vivir una vida sin amarte. El amor lo puede todo y lo vamos a demostrar. Nos vemos ahí a las 22:00.*

Marcos llegó a los trasteros abandonados antes de la hora acordada. El viento helado azotaba su rostro, pero no le importaba. Apoyó la espalda contra una pared de ladrillos desgastados y revisó su teléfono. Sofía no había respondido desde su último mensaje, pero estaba seguro de que iría.

Pasaron unos minutos que se sintieron eternos hasta que escuchó el sonido de unos pasos acercándose. Una figura se contemplaba y, cuando la luz del faro iluminó su rostro, Marcos sintió un alivio inmenso. Era Sofía.

Ella corrió hacia él, sin importarle el lugar ni la oscuridad que los rodeaba. Se detuvo justo frente a él, con la respiración agitada, sus ojos brillando de preocupación y furia al mismo tiempo.

—¿Qué cojones te ha pasado?— preguntó al ver su rostro herido y el rastro de sangre en su labio.

Marcos bajó la mirada. No quería preocuparla más de lo necesario.

—Estoy bien. Lo importante es que estás aquí.

—No, Marcos. No me digas que estás bien cuando claramente no lo estás. ¿Quiénes o quién te han hecho eso? ¿Por qué te han atacado?

Él suspiró. No podía ocultarle la verdad.

—Quieren separarnos, Sofía. Dijeron que si no me alejaba de ti, harían algo… algo peor. Me mostraron fotos tuyas, manipuladas. Están tratando de destruirte, de hacernos daño.

Sofía sintió un escalofrío recorrerle la espalda.

—¿Quién haría algo así? —susurró, sintiendo el miedo crecer en su pecho.

Marcos negó con la cabeza.

—No lo sé. Pero no pienso dejar que lo logren.

Ella apretó los puños, conteniendo la rabia y el miedo que sentía. No iba a permitir que nadie los controlara.

—No podemos huir de esto, Marcos. Si dejamos que nos separen, les estaremos dando la razón.

Él la miró fijamente, su corazón latiendo con fuerza.

—Entonces ¿estás conmigo en esto?

Sofía no dudó ni un segundo.

—Siempre.

En ese momento, un sonido los interrumpió. Un teléfono vibrando. Pero no era el de Marcos ni el de Sofía.

El sonido venía de un rincón oscuro del trastero.

Ambos se miraron con los ojos abiertos de par en par. No estaban solos.

Marcos sintió su cuerpo tensarse mientras el eco del tono resonaba en la inmensidad del espacio vacío. Sofía retrocedió instintivamente, su respiración agitada. Marcos dio un paso adelante, listo para enfrentar lo que fuera.

—¿Quién está ahí? —exigió con voz firme.

El silencio se hizo espeso hasta que una figura emergió de entre las sombras.

Era un hombre alto, vestido de negro, con un teléfono en la mano. Su rostro estaba parcialmente cubierto por una bufanda oscura, pero sus ojos, fríos y calculadores, se clavaron en los de Marcos.

—Vaya, vaya…— murmuró el desconocido con una sonrisa torcida—. Parece que no has hecho caso a nuestra advertencia.

Sofía sintió que el miedo se convertía en furia.

—¿Quién eres? ¿Qué quieres de nosotros?

El hombre la miró con calma, como si ya supiera todas las respuestas.

—No es cuestión de lo que yo quiera —dijo, guardando el teléfono en su bolsillo—, es cuestión de lo que vosotros estáis dispuestos a perder.

Marcos avanzó, colocándose entre Sofía y el desconocido.

—No tenemos nada que perder.

El hombre rio suavemente.

—Eso es lo que crees.

Entonces, sacó algo de su chaqueta y lo arrojó a los pies de Sofía.

7

Un sobre.

Ella lo miró con desconfianza antes de recogerlo con manos temblorosas. Lo abrió y, al ver su contenido, sintió que el suelo desaparecía bajo sus pies.

Eran más fotos. Pero esta vez, no solo de ella. También de su familia. Su madre, su hermano, incluso su mejor amiga. Todos capturados en momentos cotidianos, como si alguien los hubiera estado siguiendo.

Sofía sintió el estómago revuelto.

—Esto… esto es una amenaza.

El hombre asintió con calma.

—Es una advertencia.

Marcos apretó los puños con tanta fuerza que sus nudillos se volvieron blancos.

—Si les haces daño, juro que te encontraré.

El desconocido no se inmutó.

—No tienes que encontrarme. Solo tienes que tomar la decisión correcta. Aléjate de ella, Marcos. O las consecuencias serán irreversibles.

Sofía sintió su corazón latir con fuerza.

—No pueden controlarnos.

El hombre inclinó la cabeza, como si estuviera evaluando su determinación.

—Entonces veamos cuánto estáis dispuestos a arriesgar.

Dicho esto, dio media vuelta y se perdió en la oscuridad, dejándolos con el miedo clavado en la piel y la certeza de que esto solo era el comienzo.

El silencio que dejó aquel hombre era más denso que la propia oscuridad que los rodeaba. Sofía aún sostenía el sobre entre sus manos, con los dedos temblando. Su mirada se cruzó con la de Marcos, y en sus ojos vio el mismo miedo que sentía ella, pero también algo más: determinación.

—No podemos dejarnos intimidar —susurró Sofía, rompiendo el silencio.

Marcos pasó una mano por su rostro, limpiando la sangre seca de su labio.

—No, pero tampoco podemos ignorar esto. Están siguiendo a tu familia, Sofía. Esto es más grande de lo que pensábamos.

Ella tragó saliva. Sabía que tenía razón. Esto no era solo una advertencia vacía. Era una amenaza real.

—Tenemos que averiguar quién está detrás de todo esto —dijo ella, su voz ahora más firme—. No podemos vivir con miedo.

Marcos la miró unos segundos y luego asintió.

—Conozco a alguien que podría ayudarnos.

—¿Quién?

Marcos pensó un instante antes de responder:

—Un viejo amigo, se llama Adrián. Antes estaba metido en cosas turbias, pero ahora trabaja como investigador privado. Si alguien puede rastrear a estos tipos, es él.

Sofía dudó por un momento, pero al ver la seriedad en los ojos de Marcos, supo que no tenían otra opción.

—Entonces, vámonos. No quiero perder más tiempo.

El piso de Adrián estaba en un edificio viejo del centro de la ciudad. Cuando llamaron a la puerta, se escucharon varios cerrojos destrabándose antes de que finalmente se abriera.

Adrián los miró con el ceño fruncido. Era un hombre de unos treinta y tantos años, con el pelo oscuro despeinado y una expresión de desconfianza.

—Marcos —dijo, cruzándose de brazos—. No esperaba verte después de tanto tiempo.

—Necesito tu ayuda —respondió Marcos sin rodeos.

Adrián miró a Sofía, evaluándola rápidamente, y luego hizo un gesto para que entraran.

—Si vienes a mí, significa que estás en problemas —dijo, cerrando la puerta detrás de ellos.

—Y grandes —confirmó Marcos.

Sofía sacó el sobre y lo colocó sobre la mesa.

Adrián lo abrió y comenzó a revisar las fotos. Su expresión se endureció.

—¿Quién te las envió?

—Un hombre encapuchado —respondió Marcos—. Pero no es solo él. Hay más. Me secuestraron, me golpearon y me amenazaron para que me alejara de Sofía.

Adrián chasqueó la lengua y se levantó de su silla. Caminó hasta un estante lleno de carpetas y comenzó a buscar algo.

—No es la primera vez que escucho algo así —dijo mientras sacaba un archivo viejo y lo colocaba frente a ellos—. Hace unos meses, investigué un caso similar. Un tipo recibió amenazas parecidas para que se alejara de su novia. Al principio pensó que era una expareja celosa, pero resultó ser algo más grande.

Sofía sintió un escalofrío.

—¿Algo más grande? ¿Qué quieres decir?

Adrián abrió la carpeta y les mostró un informe.

—Una organización. Nadie sabe exactamente quiénes son, pero se hacen llamar Centinelas. Se dedican a manipular la vida de ciertas personas, asegurándose de que no se salgan del camino que ellos creen «correcto». Extorsionan, amenazan, destruyen reputaciones.

Marcos apretó los dientes.

—¿Y por qué nos están atacando a nosotros?

Adrián los miró fijamente.

—Eso es lo que tenemos que averiguar.

Horas después, Sofía y Marcos salieron del piso con la sensación de que estaban entrando en un mundo mucho más oscuro del que imaginaban.

—Vamos a descubrir quiénes son y lo vamos a detener —dijo Sofía con firmeza.

Marcos tomó su mano y la apretó con fuerza.

—Juntos.

Pero en la penumbra de la calle, alguien los observaba desde un coche estacionado. Un par de ojos fríos seguían cada uno de sus movimientos.

Y luego, marcó un número en su teléfono.

—Los tenemos.

La llamada se conectó al segundo tono.

—¿Noticias? —preguntó una voz áspera al otro lado de la línea.

El hombre del coche observó cómo Sofía y Marcos se alejaban por la calle.

—Siguen investigando. Fueron a ver a alguien llamado Adrián. Parece que él les está dando información.

Hubo un silencio al otro lado, seguido de un suspiro exasperado.

—Ya les advertimos. Parece que tendremos que ser más… persuasivos.

El hombre en el coche sonrió levemente.

—¿Quieres que me encargue?

—No. Aún no. Primero, asegúrate de que sepan lo que está en juego. Vamos a hacerles entender que no tienen opción.

La llamada terminó abruptamente. El hombre dejó el teléfono a un lado, encendió el motor y se alejó lentamente por la calle, desapareciendo en la noche.

Sofía y Marcos caminaron en silencio hasta llegar al apartamento de ella. Habían pasado demasiadas cosas en tan poco tiempo, y ambos necesitaban un respiro.

—¿Quieres quedarte aquí esta noche? —preguntó Sofía, mirándolo con preocupación.

Marcos asintió. No quería dejarla sola, no después de todo lo que había pasado.

Entraron al departamento y Sofía cerró la puerta con llave, asegurándose de poner la cadena también. No era paranoia. Era precaución.

Marcos se dejó caer en el sofá y pasó una mano por su rostro, sintiendo el cansancio arrastrarlo. Sofía, en cambio, no podía quedarse quieta. Caminaba de un lado a otro, su mente acelerada.

—No entiendo por qué nos están haciendo esto —dijo finalmente—. ¿Qué quieren de nosotros? ¿Por qué les importa tanto si estamos juntos o no?

Marcos suspiró.

—No lo sé. Pero está claro que esto no es solo sobre nosotros. Si Centinelas ya ha hecho esto antes, significa que tienen un motivo. Algo los impulsa.

Sofía se dejó caer en una silla, apoyando los codos en sus rodillas.

—¿Y si investigamos nosotros también? Si Adrián tiene información, tal vez haya un patrón. Algo que podamos usar en nuestra contra.

Marcos la miró con una mezcla de orgullo y preocupación.

—Es peligroso.

—Ya estamos en peligro.

Él no pudo discutir eso.

—Bien —dijo—. Entonces, empecemos ahora mismo.

Sofía sacó su *tablet* y la encendió. Mientras cargaba, tomó su teléfono para enviarle un mensaje a Adrián:

Sofía: *Necesitamos cualquier información que tengas sobre los Centinelas. No podemos quedarnos esperando.*

El mensaje se envió, pero unos segundos después, la pantalla de su teléfono se apagó.

Sofía frunció el ceño.

—Eso es raro…

Intentó encenderlo de nuevo, pero el dispositivo no respondió. Marcos se inclinó hacia adelante.

—¿Se ha quedado sin batería?

—No, lo cargué antes de salir.

En ese momento, las luces del apartamento parpadearon. Luego, todo se apagó.

El silencio que siguió fue absoluto.

Sofía y Marcos intercambiaron una mirada.

—Dime que esto es una coincidencia —susurró ella.

Antes de que Marcos pudiera responder, su teléfono vibró en su bolsillo.

Lo sacó y vio una notificación en la pantalla. Un vídeo.

Con el corazón latiéndole con fuerza, presionó *play*.

La imagen se enfocó en un callejón oscuro. Había alguien de rodillas en el suelo, con las manos atadas a la espalda y la cabeza inclinada.

Adrián.

Sofía ahogó un grito.

El vídeo se cortó abruptamente, pero antes de desaparecer, apareció un mensaje en la pantalla:

Dejad de buscar. Última advertencia.

Un escalofrío recorrió la habitación.

Sofía se tapó la boca con una mano, sintiendo que la desesperación la ahogaba.

Marcos se puso de pie, su cuerpo entero tenso de furia.

—No nos vamos a detener.

Se giró hacia Sofía y, con una voz firme, dijo:

—Vamos a encontrar a Adrián. Y vamos a acabar con esto.

Ella lo miró y, a pesar del miedo, asintió.

No había marcha atrás.

La habitación estaba sumida en una oscuridad inquietante. La única luz provenía de la pantalla del teléfono de Marcos, aún mostrando el mensaje amenazante. El silencio era espeso, como si el mundo entero contuviera la respiración.

Sofía sintió un nudo en el estómago. Adrián estaba en peligro. Y lo peor era que no tenían idea de dónde lo tenían.

—Tenemos que encontrarlo —dijo ella, con la voz firme pero temblorosa.

Marcos apretó los puños.

—Ellos quieren que tengamos miedo. Que nos detengamos. Pero no vamos a hacerlo.

Se movió rápidamente hacia la ventana y apartó la cortina con cuidado. Observó la calle. No vio ningún coche sospechoso ni a nadie merodeando, pero eso no significaba que no los estuvieran vigilando.

—No podemos quedarnos aquí —continuó—. Si han logrado meterse en nuestros teléfonos y han cortado la electricidad, significa que están más cerca de lo que pensamos.

Sofía asintió y se puso de pie.

—¿Adónde vamos?

—A la oficina de Adrián —respondió Marcos—. Si alguien puede haber dejado una pista de su paradero, es él mismo.

Sofía agarró su chaqueta y su mochila con manos temblorosas. Mientras lo hacía, su mirada cayó sobre su teléfono muerto. Algo no cuadraba.

—Espera un momento —dijo, frunciendo el ceño—. Si ellos pudieron meterse en nuestros dispositivos, significa que tienen acceso a nuestras comunicaciones.

Marcos la miró con atención.

—¿Y qué estás pensando?

—Que tal vez nosotros también podamos rastrearlos a ellos.

Sofía tomó su *tablet* y la encendió. Afortunadamente, no dependía solo del wifi, sino que tenía un dispositivo portátil con acceso a la red. Comenzó a teclear rápidamente.

—Adrián era cuidadoso. Si sabía que estaba en peligro, seguramente dejó alguna pista en caso de que algo le pasara. Voy a revisar nuestros últimos mensajes y ver si hay algún código oculto.

Marcos se inclinó sobre su hombro, observando la pantalla con atención.

—¿Puedes hacerlo sin que ellos lo noten?

Sofía tragó saliva.

—Eso espero.

8

El código apareció más rápido de lo que esperaban.

Entre los mensajes de Adrián, había una serie de números que, a simple vista, parecían aleatorios. Pero cuando Sofía los analizó más a fondo, notó un patrón.

—Esto es una dirección —susurró. Marcos la leyó en voz baja.

—Es un almacén abandonado en las afueras de la ciudad.

—¿Crees que lo tengan ahí?

—Solo hay una forma de averiguarlo.

Sofía cerró la *tablet* y se puso de pie.

—Entonces vámonos.

Marcos asintió y se aseguró de guardar su teléfono. Antes de salir, tomó un cuchillo de la cocina y lo guardó en su chaqueta. Sofía lo miró con aprensión, pero no dijo nada. Sabía que lo iban a necesitar.

El viaje hasta el almacén fue tenso. Condujeron con las luces bajas, asegurándose de no llamar la atención. Cada sombra en la carretera parecía un peligro acechante.

Cuando llegaron, el lugar estaba completamente a oscuras.

—Esto no me gusta —murmuró Sofía.

Marcos sacó su teléfono y encendió la linterna.

—Mantente cerca de mí.

Entraron con cuidado. El almacén estaba lleno de cajas viejas y muebles rotos. El aire olía a humedad y polvo.

De repente, un ruido. Un quejido.

Sofía y Marcos se quedaron quietos y se giraron para ver lo que era.

—¡Adrián! —susurró Sofía, avanzando rápidamente. Dobló una esquina y lo vio.

Adrián estaba atado a una silla, con el rostro cubierto de moretones y la camisa rota. Respiraba con dificultad, pero estaba vivo.

Marcos corrió hacia él y comenzó a desatarlo.

—Tranquilo, ya te sacamos de aquí.

Adrián levantó la cabeza con esfuerzo y murmuró:

—Es una trampa.

El sonido de un arma cargándose resonó en el almacén. Marcos y Sofía se giraron de inmediato.

Frente a ellos, varias figuras salieron de la oscuridad. Todos armados.

Y, entonces, la voz que había estado dando órdenes desde las sombras finalmente se hizo presente.

—Os advertimos que se detuvieran.

Un hombre alto, vestido con un abrigo oscuro, dio un paso al frente. Su rostro era inescrutable, pero su presencia imponía autoridad.

—Ahora, vais a aprender lo que pasa cuando no escuchan.

Sofía sintió que el miedo la paralizaba, pero Marcos, con los puños apretados, solo pensó en una cosa: no iban a rendirse sin pelear.

El aire se volvió más denso, como si el tiempo se hubiera detenido. Sofía sintió cómo su corazón martilleaba contra su pecho mientras observaba a los hombres armados bloqueando la única salida.

Marcos se colocó instintivamente frente a ella y a Adrián, su mandíbula tensa. No tenía armas de fuego, solo el cuchillo oculto en su chaqueta y su determinación.

—No queremos problemas —dijo Marcos con voz firme, aunque su mente trabajaba frenéticamente en una salida.

El hombre del abrigo oscuro sonrió con desdén.

—Ya los tenéis.

Con un movimiento de la mano, dos de sus hombres se adelantaron. Uno de ellos tomó a Sofía por el brazo, tirando de ella hacia un lado. Marcos reaccionó al instante.

—¡No la toques! —gruñó, lanzándose sobre él.

El golpe fue rápido. Marcos lo derribó con un puñetazo, pero antes de que pudiera hacer algo más, sintió un impacto en las costillas.

Otro de los hombres le dio un golpe seco con la culata de su arma, haciéndolo caer de rodillas.

Sofía gritó, forcejeando con el hombre que la sujetaba. Adrián, a pesar de su estado, intentó moverse, pero apenas podía mantenerse en pie.

—Dejad de pelear —ordenó el líder, su tono era de alguien que ya estaba perdiendo la paciencia—. Si hubierais hecho caso, nada de esto estaría pasando.

Marcos respiró con dificultad, sintiendo el sabor metálico de la sangre en su boca.

—¿Por qué nos están haciendo esto? ¿Qué demonios quieren de nosotros?

El hombre se agachó frente a él, con una sonrisa fría.

—No se trata de ustedes. Se trata de lo que saben. Y de lo que podrían hacer con esa información.

Marcos frunció el ceño.

—¿Información?

El líder se levantó y caminó lentamente alrededor de ellos.

—Centinelas no es solo un grupo de matones. Controlamos información. Manejamos verdades y mentiras. Y vosotros habéis metido las narices donde no debían.

Sofía, aún forcejeando, gritó:

—¡Si nos queréis muertos, matadnos de una vez y terminad con esto!

El hombre se rio, un sonido seco y cruel.

—Si quisiéramos matarlos, ya estaríais muertos.

Se acercó a Sofía y la miró fijamente.

—Pero lo que queremos es que aprendáis la lección.

Con un movimiento rápido, sacó un arma y la apuntó directamente a la cabeza de Marcos.

Sofía sintió que su mundo se detenía.

—¡No!

Pero el sonido del disparo resonó antes de que pudiera hacer algo. El silencio posterior fue ensordecedor.

El cuerpo cayó pesadamente al suelo. Pero no era el de Marcos.

El hombre que lo había golpeado antes se desplomó, con un impacto de bala en el pecho.

Los Centinelas se giraron con sorpresa.

Desde la entrada del almacén, varias figuras volvieron a salir de la oscuridad.

—¡Al suelo! —gritó una voz.

Disparos.

Caos.

Sofía cayó al suelo, cubriéndose la cabeza. Marcos rodó hacia un lado, tratando de alcanzar su cuchillo. Adrián se dejó caer detrás de una pila de cajas.

Los hombres que habían llegado eran distintos. Vestían de negro, con chalecos y armas automáticas.

—¡Tomad a los objetivos y vámonos! —gritó uno de ellos.

Marcos sintió unas manos firmes agarrándolo del brazo y tirando de él.

—¡Vamos, levántate!

Sofía fue llevada en la misma dirección. No entendía qué estaba pasando.

—¿Quiénes sois? —logró preguntar, aunque su voz temblaba.

Uno de los hombres la miró rápidamente.

—Los que realmente quieren que viváis.

Antes de que pudiera procesarlo, la sacaron del almacén, dejando atrás el sonido de los disparos y los gritos.

Todo estaba lejos de terminar.

Marcos apenas pudo procesar lo que estaba sucediendo. Todavía sentía el ardor en su pecho por los golpes y la adrenalina corriendo a través de su cuerpo. Estaba desconcertado, pero su instinto de supervivencia tomó el control.

—¿Quiénes son ustedes? —exigió saber, con la voz rasposa, mientras se ajustaba el cuchillo que había logrado recuperar del suelo.

Uno de los hombres de negro, el que los había arrastrado hacia la salida, lo miró de reojo, evaluándolo por un momento.

—Somos los que estamos aquí para sacaros las castañas del fuego, si es que queréis salir de esto con vida —respondió sin miramientos, como si estuviera acostumbrado a dar respuestas breves a preguntas incómodas.

Sofía, aún sin comprender nada, se aferró al brazo de Marcos, buscando algún tipo de explicación.

—¿Nos estáis ayudando? ¿O solo estáis jugando a lo mismo que los Centinelas?

El hombre que las había guiado la miró, sus ojos fríos como el metal, pero había algo en su mirada que desprendía cierta urgencia.

9

—No tenemos tiempo para explicaciones —dijo con brusquedad—. Nos están siguiendo. Los Centinelas no tardarán en darse cuenta de que los hemos sacado de allí. Necesitamos movernos.

Marcos apretó los dientes, decidido a obtener respuestas, pero al ver la gravedad de la situación, optó por guardar silencio. Se giró hacia Sofía, quien aún parecía asimilando la rapidez de los eventos.

—¿A dónde nos lleváis? —preguntó, su voz tensa, mirando a los hombres.

—A un lugar seguro, por ahora —respondió el mismo hombre, antes de girarse hacia los otros miembros de su equipo—. Moved el coche. ¡Vamos!

Uno de los hombres se adelantó rápidamente hacia un vehículo estacionado a unos metros, un todoterreno negro que parecía preparado para lo que fuera. Sofía y Marcos fueron empujados hacia el coche, sin tiempo para protestar. A pesar de su confusión, ambos sabían que ahora su única opción era seguirles el paso, aunque no entendieran del todo a quiénes estaban enfrentando ni por qué.

El hombre de negro abrió la puerta trasera del coche y empujó a Sofía dentro, antes de hacer lo mismo con Marcos.

—¿Quiénes sois realmente? —insistió Marcos, mirando al conductor, un hombre corpulento con el rostro parcialmente cubierto. No estaba dispuesto a quedarse con dudas.

El hombre no miró a Marcos, pero contestó, con una voz grave y calculadora:

—No importa ahora. Lo importante es que, si seguimos aquí mucho más tiempo, los Centinelas nos van a localizar. Y eso no es algo que queremos.

La puerta se cerró con un golpe seco, y el coche arrancó a toda velocidad, alejándose rápidamente del almacén. Sofía y Marcos se miraron en silencio, ambos procesando el giro inesperado de los acontecimientos.

Sofía, incapaz de callarse, rompió el silencio con una pregunta que no podía ignorar.

—¿Por qué nos estáis ayudando? ¿Por qué arriesgarse con nosotros?

El hombre del asiento delantero, que había estado concentrado en la carretera, giró brevemente la cabeza hacia ellos, sus ojos sombríos.

—Porque no deberíais estar involucrados en esto. Y si los Centinelas logran lo que quieren, nadie más estará a salvo. Esto va mucho más allá de vosotros, o de nosotros. Es algo mucho más grande.

Sofía no pudo evitar sentirse más confundida, pero una verdad cruda se estaba haciendo cada vez más clara: había algo mucho más peligroso en juego. Algo que los Centinelas querían controlar a toda costa.

Marcos apretó la mandíbula, mirando hacia el horizonte. Tenía la sensación de que lo que acababan de vivir era solo el comienzo de algo mucho más oscuro. No solo los Centinelas estaban tras ellos. Había otros actores en la sombra, y aún no sabían hasta dónde llegaba todo esto.

La carretera se extendía ante ellos, oscura y vacía, pero el peligro seguía acechando desde cada rincón. Y mientras el coche avanzaba a toda velocidad, ellos solo podían prepararse para lo que fuera que estuviera por venir.

El coche aceleraba por la carretera desierta, la oscuridad de la noche envolvía todo a su alrededor. El sonido del motor era lo único que rompía el silencio pesado. Sofía, aún tratando de entender lo que estaba sucediendo, observaba el paisaje pasar rápidamente a través de la ventana. Marcos, a su lado, mantenía la vista fija en el frente, como si estuviera buscando una respuesta en la oscuridad, una respuesta que simplemente no llegaba.

La tensión en el aire era palpable. Los hombres en el vehículo no decían nada, como si estuvieran preparados para cualquier cosa, pero también había algo en sus movimientos que sugería que estaban esperando algo. Una señal, quizás. Un cambio en el viento.

—¿A dónde nos llevan? —preguntó finalmente Sofía, sin poder soportar más la incertidumbre.

El hombre del asiento delantero, que hasta ahora había permanecido callado, respondió sin girarse.

—A un refugio seguro. Un lugar donde los Centinelas no nos encontrarán tan fácilmente.

Marcos frunció el ceño.

—¿Y cómo sabemos que no nos están llevando a otro lugar con menos buenas intenciones? ¿Qué los hace diferentes de los otros?

El hombre los miró por el espejo retrovisor, sus ojos reflejando una frialdad calculada.

—Lo que queremos es lo mismo que vosotros: sobrevivir. Los Centinelas son una amenaza para todos, y si se quedan en la línea de fuego, tarde o temprano los van a atrapar. Eso no le conviene a nadie.

Sofía quería preguntar más, pero el tono del hombre no dejaba espacio para más dudas. No era el momento. Era evidente que aún había muchas piezas de este rompecabezas que no entendían.

El coche giró en una curva cerrada, alejándose aún más de la ciudad. La carretera comenzó a estrecharse y las luces de los faros del vehículo iluminaban apenas un camino polvoriento que se adentraba en el bosque. La sensación de estar alejándose de todo lo conocido se intensificó y, con ello, la presión en su pecho.

Después de unos minutos de viaje, el coche finalmente se detuvo frente a una vieja casa de campo. No era mucho, pero el aislamiento y la seguridad del lugar se hacían evidentes.

—Aquí estamos —dijo el conductor, apagando el motor.

Sofía miró la casa, con sus ventanas cerradas y las luces apagadas. A lo lejos, solo se veían las sombras de los árboles que rodeaban la propiedad. La sensación de estar siendo observados no la abandonaba.

Marcos fue el primero en salir del coche, mirando a su alrededor con desconfianza. No estaba seguro de si podían confiar en estos desconocidos, pero el hecho de que estuvieran vivos después de lo sucedido en el almacén era, por lo menos, un indicio de que, tal vez, solo tal vez, había algo de esperanza.

Sofía lo siguió, con el corazón latiendo fuerte en su pecho, aún sin saber qué esperar. El hombre que había estado al volante se acercó a ellos, haciendo un gesto para que lo siguieran.

—Entrad —dijo, y se giró hacia la puerta de la casa, que se abrió con un crujido, revelando el interior oscuro.

Marcos y Sofía intercambiaron una mirada, pero sabían que no tenían otra opción.

Entraron.

El interior de la casa estaba sorprendentemente limpio y ordenado, a pesar de su apariencia exterior. Había luces débiles en las esquinas, que apenas iluminaban las paredes blancas y las antiguas vigas de madera. Un olor a humedad impregnaba el aire, pero no había tiempo para fijarse en detalles insignificantes.

Un hombre mayor, de cabello canoso y barba recortada, los esperaba en una mesa central. Estaba sentado, observándolos con una mirada profunda que parecía leerlos más allá de las palabras.

—Bienvenidos —dijo en voz baja, sin levantarse—. Soy Víctor. Sé que tenéis preguntas. Y las responderé todas, pero primero… ¿queréis un poco de agua o algo para comer? Tenéis que estar agotados.

Marcos miró a Sofía, quien asintió levemente. Ambos aceptaron, pero sabían que el tiempo no estaba a su favor.

—¿Quiénes sois? —preguntó Marcos, sin rodeos. La paciencia ya no era una opción.

Víctor levantó una mano, como si quisiera calmar la ansiedad palpable en el aire.

—Sé que esto es confuso. Ustedes no estáis solos en esto. Los Centinelas no solo persiguen a las personas, persiguen el control de la información. La verdad. Y, más que eso, persiguen a los que tienen conocimiento de cosas que no deben existir. Nosotros… somos una organización que se ha infiltrado en sus operaciones durante años. No solo somos un grupo de resistencia, somos los que han estado luchando en las sombras para evitar que ellos sigan su camino.

<h1 style="text-align:center">10</h1>

Sofía dio un paso adelante.

—¿Qué quieren de nosotros? ¿Por qué estamos involucrados?

Víctor la miró por un momento, como si estuviera evaluando cómo responder. Finalmente, sus labios se curvaron en una ligera sonrisa triste.

—Porque ustedes son la clave para detenerlos.

Sofía y Marcos intercambiaron una mirada confusa. La respuesta de Víctor no les aclaraba nada. Si bien sabían que estaban atrapados en una red mucho más grande de lo que habían imaginado, la clave para detener a los Centinelas parecía una pista demasiado grande y vaga para entenderla en ese momento.

—¿La clave? —repitió Marcos, frunciendo el ceño—. ¿Cómo sabemos que podemos confiar en ustedes?

Víctor se levantó de la mesa lentamente, sus ojos fijos en ellos con una intensidad que dejaba claro que no estaba jugando. Se acercó a una pequeña estantería en la esquina y sacó un sobre, algo desgastado por el uso, y lo miró dejó frente a Sofía y Marcos.

—Esto —dijo, señalando el sobre— contiene todo lo que necesitáis saber para entender por qué estáis aquí. Y por qué los Centinelas no se detendrán hasta que os encuentren.

Sofía se acercó al sobre, notando que sus manos temblaban ligeramente. Con una mezcla de miedo y curiosidad, lo abrió. Dentro había varios documentos, una foto y un pequeño dispositivo que parecía un *pen drive*. Ella empezó a leer los papeles rápidamente, mientras Marcos miraba la foto.

Era una imagen en blanco y negro, ligeramente borrosa, pero, aun así, reconocible: un edificio grande, con una estructura moderna, pero algo anticuada, como si fuera de principios del siglo XX. La leyenda debajo de la foto decía simplemente «El Núcleo».

—¿Qué es esto? —preguntó Sofía, sin poder quitar la vista de la foto.

Víctor respiró hondo, y en su rostro apareció una sombra de tristeza.

—El Núcleo es donde todo comenzó. Los Centinelas han estado operando desde allí durante más de veinte años, controlando información, manipulando eventos, incluso alterando el curso de la historia. Usan lo que saben para moldear el futuro y, a través de sus tentáculos, han logrado infiltrarse en todos los niveles del poder.

Marcos levantó la vista del documento.

—¿Y nosotros qué tenemos que ver con eso?

Víctor asintió lentamente.

—Ustedes no sois solo víctimas. Son parte de algo más grande, algo que ni siquiera los Centinelas comprenden completamente. Los dos han estado conectados a una serie de sucesos que, en este momento, parecen aleatorios, pero que, en realidad, forman una cadena. Los hemos estado observando durante algún tiempo.

Sofía frunció el ceño, sin poder asimilar completamente lo que estaba escuchando.

—¿Nos han estado observando? —dijo, casi sin creerlo—. ¿Desde cuándo?

Víctor se quedó en silencio por un momento, como si estuviera evaluando si debía compartir más detalles. Finalmente, su mirada se suavizó un poco.

—Desde que investigaron a Adrián. Él fue el que comenzó a hacer preguntas. Preguntas que no debían hacerse. Nos dimos cuenta de que había algo en su investigación que podría desatar una reacción en cadena. Algo que conecta a todos ustedes. Lo que los Centinelas no saben es que, aunque creen tener control de la información, siempre hay algo que se les escapa.

Marcos, aunque desconcertado, intentó mantener la calma.

—¿Qué se les escapa?

Víctor sonrió levemente.

—Una verdad olvidada. Algo que los Centinelas no pudieron borrar. Algo que ustedes tienen dentro de ustedes y que es la clave para destruir su red de poder.

Sofía miró a Marcos, la incertidumbre llenando sus ojos.

—¿Cómo vamos a detenerlos? ¿Qué tenemos que hacer?

Víctor miró los documentos nuevamente y luego los observó con una seriedad implacable.

—Tienen que ir al Núcleo. Allí encontrarán la respuesta. El camino para derribar a los Centinelas está oculto en ese lugar, pero solo ustedes pueden descifrarlo.

Marcos dio un paso atrás, negando con la cabeza.

—Eso suena suicida. ¿Cómo podemos ir a un lugar lleno de esos tipos sin un plan? Necesitamos más información. Más que un sobre con papeles.

Víctor los miró con firmeza.

—Ya han estado dando pasos sin saberlo. Las piezas ya están en su lugar. Si quieren detener a los Centinelas y salvarse, el Núcleo es el único lugar donde pueden hacerlo. Si no lo hacen, todo lo que han vivido hasta ahora será en vano. No tendrán futuro. Nadie lo tendrá.

Sofía sintió un escalofrío recorrer su columna vertebral. El peso de sus palabras parecía mucho más grave de lo que podían entender. Un simple sobre con información. Un lugar llamado «El Núcleo».Y la amenaza constante de los Centinelas sobre ellos.

—Espera un momento… —dijo Sofía, angustiada y sin entender del todo lo que estaba sucediendo.

Su voz temblaba ligeramente, y su mirada iba de un lado a otro, buscando respuestas en los rostros de los presentes.

—¿Qué tenemos que ver en esto? —continuó, tratando de mantener la calma—. Los asuntos de Marcos eran totalmente diferentes, no eran de este nivel…

—La gente con la que se metió Marcos no es cualquiera —contestó el hombre—. Son personas calculadoras, frías… y han seguido metiéndose en problemas aún más graves que robar un banco. Esto es algo de otro nivel.

Sofía sintió un escalofrío recorrerle la espalda.

—Si se destapa la verdad de los asuntos con Marcos y resulta ser inocente… entonces se abrirá una investigación —continuó el hombre, con un tono bajo pero firme—.Y si eso sucede, descubrirán todo lo que hay detrás… y te aseguro que no se trata solo de atracos o secuestros.

Hizo una pausa, mirándola fijamente.

—Se descubriría la verdad.

—Pero ¿cómo llegamos allí? —preguntó Sofía, incapaz de contenerse.

Víctor sonrió con tristeza.

—No se preocupen por eso.Ya hemos preparado el camino. Les daremos lo que necesitan. Solo tienen que seguirlo.

Marcos parecía dudoso, pero no había tiempo para más preguntas. Ya habían recorrido un largo camino, y la opción de rendirse no era una posibilidad.

—Está bien —dijo, finalmente—. Haremos lo que sea necesario.

Sofía asintió, con su mente luchando por procesar todo lo que acababa de escuchar. Tenían un objetivo: llegar al Núcleo. Y tal vez, si lograban encontrar lo que había allí, podrían detener de una vez por todas a los Centinelas.

Víctor asintió con satisfacción al escuchar su respuesta. Luego, tomó otro sobre más pequeño del bolsillo de su chaqueta y lo deslizó sobre la mesa.

—Dentro encontrarán las instrucciones para llegar al Núcleo sin ser detectados. Pero hay algo más que deben saber antes de partir.

Sofía y Marcos intercambiaron una mirada tensa.

—¿Qué más? —preguntó Marcos con cautela.

Víctor apoyó ambas manos sobre la mesa y los miró con intensidad.

—No estaréis solos en esto. Hay alguien dentro del Núcleo que ha estado esperando este momento. Un contacto. Pero no sabemos si aún sigue con vida.

Sofía sintió un nudo en el estómago.

—¿Quién es?

Víctor dudó un momento antes de responder.

—Su nombre es Helena. Era una de las nuestras, hasta que los Centinelas la descubrieron. Desapareció hace tres años, pero sabemos que la última vez que fue vista estaba dentro del

Núcleo. Si sigue con vida, ella será vuestra mejor oportunidad para encontrar lo que necesitáis.

Marcos resopló, incrédulo.

—Así que tenemos que infiltrarnos en un lugar desconocido, esquivar a los Centinelas y encontrar a alguien que, probablemente, esté muerto. Suena fácil.

Víctor lo miró con gravedad.

—Nadie dijo que sería fácil. Pero si no lo hacéis, nadie más podrá hacerlo.

Sofía apretó los puños. No quería admitirlo, pero tenía razón. Estaban atrapados en algo mucho más grande que ellos, y la única forma de salir con vida era seguir adelante.

—¿Cuándo partimos? —preguntó finalmente.

Víctor sonrió apenas.

—Mañana al amanecer. Descansad esta noche. Será la última vez en mucho tiempo que podrán hacerlo con tranquilidad.

El silencio que siguió fue pesado. Sofía y Marcos sabían que, a partir de ese momento, no habría vuelta atrás.

Esa noche, el sueño no llegó fácilmente. Sofía y Marcos permanecieron en la habitación que Víctor les había asignado, un pequeño cuarto con dos camas y una única ventana cubierta por gruesas cortinas oscuras. La luz de una farola en la calle se filtraba tenuemente, proyectando sombras largas y temblorosas en las paredes.

Sofía estaba acostada, pero su mente no dejaba de repasar lo ocurrido. La foto del edificio, la mención de Helena, la sensación de estar atrapados en algo demasiado grande para comprender.

11

—No podemos confiar completamente en Víctor —murmuró de repente Marcos, rompiendo el silencio.

Sofía giró la cabeza hacia él.

—Lo sé. Pero no tenemos muchas opciones.

Marcos suspiró y se incorporó, apoyando los codos en las rodillas.

—Todo esto… —hizo un gesto con las manos—, los Centinelas, el Núcleo, Helena… No sé qué pensar.

Sofía también se sentó, abrazando sus rodillas.

—No importa lo que pensemos. Ya estamos en esto.

—Sí, pero eso no significa que debamos confiar ciegamente —dijo Marcos, con el ceño fruncido—. Mañana, cuando lleguemos al Núcleo, tenemos que estar preparados para cualquier cosa.

Sofía asintió. Sabía que Marcos tenía razón.

—Deberíamos revisar los documentos otra vez. Quizás hay algo que se nos pasó.

Marcos se levantó, sacó el sobre de su mochila y lo abrió sobre la cama. Desplegaron los papeles bajo la tenue luz de la lámpara de la mesa de noche.

Había informes de vigilancia, recortes de periódicos, mapas con anotaciones en tinta roja… Y luego estaba la foto del Núcleo.

—Mira esto —dijo Marcos, señalando la parte inferior de la imagen.

Sofía se inclinó. Apenas visible en una esquina, casi perdido en la sombra de un árbol, había una figura humana. Alguien de pie, observando el edificio.

—¿Podría ser Helena? —susurró Sofía.

—O alguien más que no quiere ser visto —respondió Marcos.

Sofía sintió un escalofrío.

—Mañana lo sabremos.

Marcos guardó los documentos con cuidado.

—Sí… Y espero que no sea demasiado tarde.

El silencio volvió a llenar la habitación. Esta vez, no intentaron dormir. Solo esperaron el amanecer, con la certeza de que, pasase lo que pasase, su mundo cambiaría para siempre.

El amanecer llegó demasiado pronto. Antes de que el sol asomara por completo en el horizonte, Víctor ya los estaba despertando con un golpe suave en la puerta.

—Es la hora —dijo, su voz firme pero baja.

Sofía y Marcos se incorporaron de inmediato. Habían pasado la noche en vela, repasando los documentos una y otra vez, tratando de encontrar algo que les diera ventaja. Ahora, no había más tiempo para dudas.

Se vistieron rápidamente con ropa oscura y cómoda. Víctor los esperaba en la sala principal con una mochila para cada uno.

—Dentro tenéis todo lo necesario: identificaciones falsas, un mapa detallado del Núcleo y un comunicador en caso de emergencia.

Sofía tomó una de las mochilas y la abrió. Exactamente, había documentos con nombres falsos, algo de dinero en efectivo y un auricular pequeño.

—¿Y cómo llegamos sin que nos detecten? —preguntó Marcos mientras revisaba su equipo.

Víctor señaló un pasillo lateral.

—Tenemos un coche esperándolos en un garaje a dos calles de aquí. Os llevará hasta un punto de entrada seguro. Desde ahí, estaréis solos.

Sofía tragó saliva. Sabía que esto iba a ser peligroso, pero ahora que estaban a punto de partir, la realidad pesaba sobre ella.

—¿Qué pasa si nos descubren? —preguntó finalmente.

Víctor la miró con seriedad.

—No podéis permitiros ser descubiertos. Si los Centinelas os atrapan, no habrá segunda oportunidad.

El peso de sus palabras cayó sobre ambos como un precipicio.

—Bien —dijo Marcos, ajustando la correa de su mochila—. Vamos.

Salieron del edificio en silencio, caminando con cautela por las calles desiertas. El aire de la mañana era frío y húmedo, y cada sombra les parecía una amenaza.

El garaje era un pequeño estacionamiento subterráneo. Dentro, los esperaba un sedán oscuro con las llaves puestas en el tablero.

—Este coche no está registrado en ningún sistema oficial —explicó Víctor—. Usadlo solo para llegar al punto marcado en el mapa. Desde ahí, seguid andando.

Sofía asintió y tomó el asiento del conductor. Marcos se sentó a su lado y, sin más palabras, encendieron el motor.

Víctor los observó mientras salían del garaje y desaparecían en la carretera.

—Buena suerte —murmuró.

Pero, en el fondo, sabía que iban a necesitar mucho más que suerte.

El motor del coche rugió suavemente cuando Sofía giró la llave, pero en cuanto puso las manos en el volante, su cuerpo se tensó. Miró a Marcos, quien parecía igual de incómodo en el asiento del copiloto.

—Hay un problema… —murmuró.

Marcos la miró, algo confundido.

—¿Qué pasa?

Sofía apretó la mandíbula.

—No tengo carné.

Hubo un silencio incómodo.

—¿Qué?

—No sé conducir.

Marcos parpadeó un par de veces y luego se pasó una mano por la cara.

—Genial. Bueno, supongo que… —Hizo una pausa y señaló con la cabeza el volante—. Nos cambiamos.

Sofía lo miró con una mueca.

—¿Tú sabes conducir?

Marcos tragó saliva.

—No oficialmente.

Sofía cerró los ojos un momento, respirando hondo.

—Entonces estamos jodidos.

Ambos quedaron en silencio, con el motor encendido, sin saber qué hacer. Luego, casi al mismo tiempo, se echaron a reír, una risa baja, nerviosa, pero sincera.

—Esto es una locura —dijo Marcos entre suspiros.

—Toda nuestra vida es una locura desde que esto empezó —respondió Sofía, apoyando la frente en el volante.

Se quedaron quietos unos segundos, solo escuchando la respiración del otro. Afuera, la ciudad aún despertaba lentamente, pero dentro del coche, solo existían ellos dos.

—Mira, pase lo que pase ahí dentro… —dijo Marcos de repente, con una voz más suave—, quiero que sepas que no hay nadie con quien preferiría estar metido en este lío.

Sofía levantó la cabeza y lo miró.

—¿Aunque termine estampándonos contra un poste?

Él sonrió.

—Incluso así.

Sofía sintió un nudo en la garganta. La adrenalina, el miedo, la incertidumbre… Todo era más llevadero con Marcos a su lado.

—Yo también —dijo en voz baja—. Si este es nuestro destino, prefiero enfrentarlo contigo.

Por un momento, solo se miraron. Había tantas cosas que querían decirse, pero no había tiempo.

Finalmente, Sofía respiró hondo y puso las manos en el volante otra vez.

—Bueno… creo que puedo intentarlo. He visto muchas películas.

Marcos la miró, entre divertido y aterrorizado.

—Eso no es precisamente tranquilizador.

Ella sonrió.

—Agárrate fuerte.

Y con una mezcla de nerviosismo y determinación, el coche arrancó, tambaleándose un poco al principio, pero avanzando hacia el destino que los esperaba.

El coche avanzaba por las calles aún medio vacías, tambaleándose cada tanto cuando Sofía giraba el volante con demasiada brusquedad o frenaba de golpe. Marcos se aferraba al asiento con ambas manos.

—¿Estás segura de que viste películas y no videojuegos de carreras? —preguntó, tratando de sonar relajado, aunque estaba claramente al borde del pánico.

—Oh, por favor —bufó Sofía—. Lo estoy haciendo bastante bien para alguien que nunca ha manejado.

El coche derrapó levemente al tomar una curva. Marcos cerró los ojos por un segundo.

—Claro. Solo hemos estado a punto de morir tres veces en cinco minutos. Nada mal.

Sofía soltó una risa nerviosa, pero en el fondo, la ansiedad le quemaba el pecho. No solo porque estaba conduciendo sin experiencia, sino porque cada kilómetro que avanzaban los acercaba más al Núcleo, al verdadero peligro.

El mapa indicaba que debían llegar a un punto de entrada discreto, una vieja fábrica abandonada que servía de acceso a los túneles que llevaban al complejo. Todo parecía demasiado planeado, demasiado perfecto… y eso la inquietaba.

—¿Qué piensas? —preguntó Marcos de repente, su tono más serio.

Sofía mantuvo la vista en la carretera.

—Que esto es una trampa.

—Sí, yo también lo siento.

El silencio se instaló entre ellos. No hacía falta decirlo: si el camino estaba preparado para que llegaran al Núcleo, significaba que los Centinelas ya podían estar esperándolos.

—Si algo sale mal… —comenzó Marcos, pero Sofía lo interrumpió.

—No digas eso.

Él la miró de reojo.

—Solo quiero que sepas que, pase lo que pase, estoy contigo hasta el final.

Sofía sintió un nudo en la garganta.

—Y yo contigo —susurró.

Marcos le sonrió levemente y asintió.

El viejo edificio de la fábrica apareció frente a ellos, imponente y desgastado por el tiempo. Sofía detuvo el coche en seco, haciendo que Marcos se golpeara ligeramente contra el tablero.

—Ok —dijo él, masajeándose la frente—. Aparcar es definitivamente tu peor habilidad.

—Sobreviviste, ¿no? —bromeó ella, tratando de aliviar la tensión.

Ambos miraron la fábrica. Silencio absoluto. Ni un alma a la vista.

—Vamos —dijo Sofía, sacando la mochila y ajustándola a su espalda.

Marcos hizo lo mismo, y juntos avanzaron hacia la entrada. Con cada paso que daban, sentían que cruzaban un umbral invisible.

No sabían lo que les esperaba dentro. Solo sabían que ya no había vuelta atrás.

Mientras avanzaban hacia la entrada de la fábrica, el ambiente parecía volverse más tenso. Cada paso resonaba sobre el suelo de concreto y el eco se multiplicaba en el vacío de la estructura abandonada. La oscuridad dentro del edificio era casi total, solo iluminada por la tenue luz de las farolas afuera.

Sofía apretó los dientes, mirando alrededor con desconfianza. El aire estaba cargado, y podía sentir el peso de la incertidumbre sobre sus hombros. Algo no estaba bien, pero no podía precisar qué. Los Centinelas podían estar al acecho en cualquier rincón, esperando el momento perfecto para atraparlos.

—¿Estás bien? —preguntó Marcos, en voz baja.

Sofía asintió, aunque no estaba segura de si lo estaba. Estaba tan concentrada en lo que podría suceder que casi había olvidado que su compañero estaba allí, también enfrentándose al mismo peligro.

—Vamos rápido —respondió ella, acelerando el paso.

Cuando llegaron a una puerta lateral de la fábrica, Sofía se detuvo y examinó el mecanismo de cerradura. Parecía antigua, pero aún funcionaba. Con algo de dificultad, logró abrirla, haciendo que el crujido de las bisagras resonara en el aire quieto. Entraron, uno tras otro, sin hacer ruido, como fantasmas que se deslizan en la oscuridad.

El interior de la fábrica era un laberinto de pasillos vacíos, llenos de polvo y telarañas. Había maquinaria oxidada por doquier, y el olor a humedad y moho flotaba en el aire. Las paredes de ladrillo estaban cubiertas por capas de grafitis, algunos de ellos no se entendían, otros representando símbolos que Sofía no reconoció.

Marcos se detuvo un momento, observando su entorno.

—Esto se siente raro. Demasiado tranquilo.

Sofía no pudo evitar sentirse de la misma manera, pero también sabía que no podían perder tiempo.

—Tenemos que llegar a los túneles. Según el mapa, esta fábrica conecta con el Núcleo a través de un sistema subterráneo.

—¿Y si estamos caminando justo hacia una trampa? —dijo Marcos, su tono preocupado.

Sofía lo miró. No le gustaba pensar en esa posibilidad, pero tenía que ser realista.

—Es una posibilidad. Pero tenemos que arriesgarnos.

Avanzaron por el pasillo central, y a medida que se adentraban en las entrañas del edificio, el sonido de sus pasos se fue desvaneciendo, absorbido por la vastedad del lugar. Finalmente, llegaron a una pequeña puerta metálica, casi oculta en una esquina.

Sofía la examinó con cuidado. No había señales de que alguien hubiera estado allí recientemente. La cerradura era moderna, lo que la tranquilizó un poco. Con manos temblorosas, metió la llave que Víctor les había dado en la ranura.

Un clic suave y la puerta se abrió.

Delante de ellos había una escalera de metal que descendía a las profundidades de la tierra. El aire frío y húmedo emanaba del túnel, y un ligero olor a gasolina y tierra mojada se mezclaba con la atmósfera.

Sofía miró a Marcos, quien la observaba con una mezcla de determinación y miedo. Sabían que el peligro estaba cerca, pero aún no podían ver qué tan cerca.

—Vamos —dijo Sofía, con voz baja.

Comenzaron a bajar por la escalera, con el sonido de sus pasos resonando en las paredes del túnel. A medida que avanzaban, la oscuridad los rodeaba por completo y Sofía activó el pequeño faro de su mochila, iluminando débilmente el camino por delante.

El túnel parecía interminable, un tubo de concreto sin fin que se retorcía bajo sus pies. Cada paso que daban los acercaba más a su destino, pero también a lo desconocido.

—¿Crees que aún está viva? —preguntó Marcos de repente, rompiendo el silencio.

Sofía no sabía cómo responder. La idea de encontrar a Helena, si estaba viva, les daba algo de esperanza, pero también la preocupación de que, si había sobrevivido tanto tiempo, probablemente estaba atrapada en algo mucho peor que lo que ellos habían vivido hasta ahora.

—No lo sé —respondió finalmente, con voz apagada—, pero tenemos que intentarlo.

El túnel se estrechó un poco y la temperatura parecía bajar con cada paso que daban. Sabían que estaban cerca, pero algo seguía rondando en la mente de Sofía. No podía sacudirse la sensación de que, de alguna manera, todo esto estaba demasiado calculado.

Como si alguien hubiera guiado su camino, dirigiéndolos a través de cada decisión, cada paso.

12

—¿Crees que hay algo que se nos está escapando? —preguntó Marcos, como si hubiera leído sus pensamientos.

Sofía se detuvo un momento, mirando hacia adelante, donde el túnel parecía bifurcarse. Cada vez más, la idea de una trampa la inquietaba más.

—Sí, lo creo —respondió con un susurro.

Antes de que pudieran continuar, un sonido metálico resonó a lo lejos, como un golpe contra una superficie de acero. Sofía se tensó y sus ojos se encontraron con los de Marcos, llenos de incertidumbre.

—¿Lo has oído? —preguntó él.

Sofía asintió, su respiración se hizo más pesada. Algo no estaba bien. Pero no había tiempo para detenerse a pensar en ello. Sin decir una palabra más, ambos continuaron avanzando, sabiendo que la única salida era seguir adelante.

La trampa, si era una trampa, los esperaba. Pero no tenían más opción que enfrentarse a ella.

Avanzaron con cuidado, el crujir de sus pasos resonando levemente sobre el suelo polvoriento de la fábrica. La entrada estaba oculta, rodeada de muros de ladrillo que aún guardaban restos de la estructura industrial. La oscuridad dentro del edificio era casi palpable, como si todo estuviera esperando a que se atrevieran a entrar.

Sofía miró a Marcos. Ambos sabían que, aunque el silencio era su aliado en ese momento, nada de lo que estaba por suceder podría ser anticipado.

Marcos, con una mirada decidida pero tensa, susurró:

—¿Crees que todo esto sea real? ¿Que realmente vayamos a encontrar algo que valga la pena?

Sofía apretó los dientes y miró hacia adelante.

—No lo sé. Pero no tenemos otra opción.

Con el corazón acelerado, avanzaron entre las sombras. La fábrica parecía abandonada, pero algo en el aire les decía que no estaban solos. La niebla que se había acumulado durante la noche hacía que las sombras parecieran moverse y cada ruido leve parecía amplificarse en el vacío.

Cuando llegaron a lo que parecía una puerta de acceso, Sofía miró el mapa que Víctor les había dado. Señalaba que esta era la entrada que los llevaría a los túneles, la misma ruta que les permitiría llegar al Núcleo.

Con un movimiento rápido, Sofía empujó la puerta. Crujió, pero no cedió. Probó de nuevo, esta vez con más fuerza, hasta que la puerta finalmente se abrió, revelando una escalera que bajaba hacia las profundidades.

—Aquí vamos —dijo Marcos en voz baja, su respiración aún tensa.

Sin dudarlo, Sofía dio el primer paso, seguida de cerca por Marcos. Bajaron con cuidado, cada escalón un recordatorio de que no podían equivocarse. El aire se volvía más frío y denso con cada metro que descendían.

Al llegar al fondo, encontraron un largo pasillo de concreto, iluminado por luces débiles que parpadeaban intermitentemente. Las paredes estaban cubiertas por símbolos y marcas que parecían haberse desvanecido con el tiempo, pero aún legibles a simple vista.

Sofía sintió una extraña conexión con esos símbolos, como si fueran parte de un rompecabezas que ella misma había intentado armar sin saberlo.

—Esto no me gusta —dijo Marcos, observando la oscuridad que se extendía más allá del pasillo.

Sofía lo miró.

—Lo sé. Pero tenemos que seguir.

Avanzaron con cautela, sabiendo que el siguiente paso los acercaba aún más al peligro. Los susurros de la fábrica vacía comenzaron a sonar como ecos en sus mentes. La incertidumbre crecía con cada paso, pero no había marcha atrás.

—Recuerda lo que dijo Víctor. Si nos descubren, no hay vuelta atrás —dijo Sofía, mientras miraba hacia adelante, alerta.

Marcos asintió.

—Lo sé, lo sé. Pero no es eso lo que me preocupa. Es saber que todo esto es más grande de lo que parece. Los Centinelas, el Núcleo… ¿Quiénes son realmente?

Sofía respiró hondo y se detuvo por un momento. Miró el mapa una vez más. El camino estaba claro, pero la sensación de estar caminando hacia una trampa nunca desaparecía.

—Lo que más me asusta, Marcos, es que quizás nunca lleguemos a saberlo. O quizás ya lo sabemos, pero nos hemos estado engañando todo el tiempo.

Marcos la miró, frunciendo el ceño.

—¿Qué quieres decir?

Sofía no respondió de inmediato. En su mente se estaba armando un rompecabezas aún más grande, uno que no entendía completamente. Pero el solo hecho de estar aquí, de haber llegado tan lejos, le decía que su destino ya estaba sellado.

—Nada —dijo finalmente, volviendo a mirar al frente—. Sigamos.

El pasillo se alargaba interminable, y cada paso que daban les parecía más pesado que el anterior. Las paredes, frías y húmedas, absorbían cualquier sonido, dejando solo el eco de sus respiraciones. Sofía comenzó a sentir que el aire se volvía más denso, más cargado de tensión. No era solo la humedad del lugar lo que le erizaba la piel, sino la sensación de que algo o alguien los observaba desde las sombras.

—¿Cuánto más? —preguntó Marcos en voz baja, su tono tenso y cansado.

Sofía consultó el mapa nuevamente. Estaban cerca. Según las indicaciones de Víctor, el acceso a los túneles que conducían al Núcleo estaba justo por delante, detrás de una puerta metálica al final del pasillo.

—Un poco más —respondió, sin desviar la mirada del mapa. Sus dedos temblaban ligeramente. No sabía si era por el frío o por los nervios.

Cuando llegaron al final del pasillo, encontraron la puerta que les había indicado Víctor. Estaba cerrada, pero, a diferencia de las otras puertas, esta parecía estar sellada con un mecanismo más avanzado. Sofía se agachó frente a la cerradura y comenzó a inspeccionarla.

—Aquí… —murmuró. Hizo una señal con la mano para que Marcos se acercara—. Parece un sistema de seguridad avanzado. Necesitamos el código.

Marcos miró a su alrededor, inquieto.

—¿No tienes uno de esos dispositivos que nos dio Víctor para hackearla?

Sofía asintió, pero luego recordó que los dispositivos de Víctor no estaban diseñados para este tipo de cerraduras. Algo tan específico solo podría haber sido previsto por alguien dentro del Núcleo.

—Lo intentaremos de la manera vieja —dijo, sacando un pequeño destornillador de su mochila.

Marcos frunció el ceño.

—¿Estás segura de esto?

Sofía asintió, concentrada en el trabajo. Mientras manipulaba la cerradura, pudo oír el zumbido lejano de maquinaria, un sonido metálico que le erizó la piel. Algo dentro de ella le decía que no estaban solos, que alguien más había entrado al complejo.

—Casi… —susurró, con la cerradura entre sus dedos.

De repente, el ruido que había escuchado antes se intensificó. Era un sonido bajo, como el de algo pesado moviéndose sobre el concreto. Sofía levantó la vista, sus ojos recorriendo el pasillo.

—¿Has oído eso? —preguntó Marcos, mirando hacia la oscuridad.

Sofía asintió, sintiendo cómo su estómago se contraía.

Sin perder tiempo, presionó un pequeño botón en la cerradura, y la puerta metálica se abrió con un leve crujido.

—¡Rápido! —ordenó Sofía.

Ambos se deslizaron al interior. La puerta se cerró automáticamente detrás de ellos, dejando al otro lado la oscuridad del pasillo. Ahora estaban en un túnel estrecho y largo, iluminado por luces de emergencia que parpadeaban con una frecuencia irregular.

—¿Qué ha sido eso? —susurró Marcos, mirando nervioso a su alrededor.

Sofía lo miró, preocupada.

—No lo sé, pero no tenemos tiempo para averiguarlo.

Avanzaron con pasos rápidos. Cada metro que recorrían los acercaba más a su destino, pero también les sumía en un peligro palpable. La sensación de que algo iba mal crecía con cada paso. Algo estaba sucediendo dentro de ese complejo, y ellos estaban en el centro de ello.

De pronto, una figura apareció en el pasillo frente a ellos, deslumbrándolos con una luz brillante que parecía haber salido de la nada. Sofía se detuvo en seco. Marcos intentó ponerse delante de ella, instintivamente, pero la figura levantó una mano.

—No disparen —dijo una voz femenina, serena y con una calma inquietante.

Sofía y Marcos intercambiaron miradas, desconcertados. La figura, una mujer vestida con un uniforme oscuro, se acercó. Su rostro estaba oculto por una máscara, pero Sofía pudo ver algo en sus ojos: una mezcla de desesperación y determinación.

—¿Helena? —preguntó Sofía, sintiendo una extraña certeza en su interior.

La mujer asintió lentamente, pero no sonrió. En cambio, su mirada se endureció.

—Tenéis que venir conmigo. No hay tiempo. Los Centinelas ya están aquí.

La mención de los Centinelas hizo que Sofía y Marcos se pusieran alerta al instante. El silencio en el túnel ahora se sentía aún más pesado, como si el sonido de sus respiraciones fuera lo único que pudiera romperlo.

Helena se giró rápidamente y les indicó con un gesto que la siguieran. Sin decir una palabra más, comenzó a caminar con rapidez, sus pasos resonando en el túnel desierto. Sofía y Marcos intercambiaron una mirada antes de apresurarse a seguirla. El miedo y la incertidumbre se aferraban a sus entrañas, pero había algo en los ojos de Helena que les daba una extraña sensación de urgencia; ella sabía algo que ellos no.

—¿Cómo es que sigues viva? —preguntó Marcos, bajando la voz.

Helena no respondió de inmediato. Su paso no dudó ni una vez, como si estuviera completamente acostumbrada a la oscuridad del lugar. Finalmente, después de unos momentos de silencio, habló sin mirarlos.

—No tengo tiempo para explicaciones largas. Lo único que importa ahora es que lleguen al núcleo del sistema. Hay cosas que deben saber antes de que todo se acabe.

El tono en su voz era grave, como si estuviera haciendo una advertencia. Sofía la miraba atentamente, sin saber si debía confiar en ella o no. Aunque la mujer frente a ellos parecía conocer el camino y tener información crucial, el hecho de que estuviera oculta en las sombras de este complejo, rodeada de secretos y riesgos, solo aumentaba la tensión.

—¿De qué estás hablando? —preguntó Sofía, incapaz de callarse más.

Helena se detuvo en seco y se volvió hacia ellos. Sus ojos brillaban con una intensidad inquietante.

—Los Centinelas no son lo que parecen. No son solo un ejército. Son una parte de algo mucho más grande, más oscuro. El Núcleo, el sistema que crees que controlan, tiene un propósito mucho más siniestro. Y ustedes estáis en medio de todo eso.

Marcos frunció el ceño, confundido y preocupado.

—¿A qué te refieres?

Helena los miró por un largo momento, como si estuviera decidiendo si debía seguir revelando más detalles o no.

Finalmente, suspiró y continuó.

—El Núcleo es solo la cara visible de un proyecto mucho más antiguo. Algo que tiene el poder de cambiar el curso de todo lo que conocemos. Y si no llegamos a él antes que los Centinelas, la humanidad será condenada.

Sofía sintió que una ola de incredulidad la envolvía. ¿Era eso lo que Víctor había estado ocultando? ¿Qué era lo que estaban a punto de descubrir?

—¿Por qué no nos lo dijiste antes? —dijo Marcos, la frustración evidente en su tono—. ¿Por qué nos arriesgamos a esto si ya sabías lo que está en juego?

Helena lo miró fijamente, y por un momento, la dureza en sus ojos se suavizó.

—Porque no quería que tuvierais que tomar esta decisión sin conocer toda la verdad. Pero ya no hay tiempo. Si no conseguimos el control del Núcleo, todo lo que hemos hecho hasta ahora no habrá tenido sentido. Todo el sacrificio será en vano.

Un estremecimiento recorrió la columna de Sofía. No entendía por completo lo que estaba pasando, pero la urgencia en la voz de Helena era clara. Lo que sea que se estuviera gestando dentro de ese complejo era mucho más grande que lo que pensaban.

—¿Y qué hacemos ahora? —preguntó Sofía, tratando de mantener la calma mientras su corazón latía desbocado.

Helena la miró por un instante y luego señaló hacia un pasillo oscuro a la derecha.

—Tenemos que llegar al centro de control del Núcleo. Desde ahí, podremos desactivar la seguridad y tomar el control de todo el sistema. Pero no somos los únicos que conocemos esa ruta. Los Centinelas están más cerca de lo que creen.

Sofía y Marcos no dijeron nada, pero sus pasos se hicieron más rápidos al seguir a Helena. En lo más profundo de sus pensamientos, sabían que la situación era aún más peligrosa de lo que habían imaginado. Cada vez sentían que estaban cayendo más en una trampa, pero ahora no había vuelta atrás.

De repente, Helena levantó la mano para detenerlos. Se acercó a una pared metálica en el lado derecho y presionó un pequeño botón en la superficie. Un panel de acceso se deslizó hacia abajo, revelando una consola de control con pantallas parpadeando.

—Este es el acceso a los túneles de servicio —dijo, mientras tecleaba rápidamente un código—. Aquí podremos evadir las patrullas de los Centinelas. Pero este lugar está lleno de sorpresas. Necesitaréis estar alerta en todo momento.

Marcos miró la consola, luego a Helena, y luego a Sofía, con los ojos llenos de incertidumbre.

—¿Y si no llegamos a tiempo? ¿Qué pasará con todo esto?

Helena no respondió de inmediato. En lugar de eso, su rostro se endureció aún más, y en su mirada había una tristeza que Sofía no entendía completamente.

—Si no llegamos a tiempo —dijo por fin—, perderemos más que nuestras vidas. Perderemos la oportunidad de cambiar el futuro de todos.

Con un último vistazo al túnel oscuro frente a ellos, Sofía sintió que las piezas del rompecabezas empezaban a encajar, aunque no de la manera que esperaban. Había algo mucho más grande, algo más peligroso esperando en las profundidades del Núcleo.

Y ahora ellos eran la única esperanza para detenerlo.

Sofía, Marcos y Helena avanzaban por los túneles oscuros, el eco de sus pasos resonando en las paredes metálicas. Cada sombra parecía esconder un peligro, y la tensión era palpable. El acceso al Núcleo estaba cerca, pero los Centinelas también lo sabían. Sabían que no tenían mucho tiempo.

—Estamos casi allí —dijo Helena, con la voz baja y decidida—. Pero deben estar preparados. Los Centinelas no solo protegen el Núcleo, lo sirven. Ellos son la élite de un sistema mucho más antiguo de lo que imaginan.

Marcos frunció el ceño.

—¿Qué quieres decir con eso?

Helena no respondió de inmediato. En su rostro se reflejaba la seriedad de alguien que había visto lo peor.

—El Núcleo es solo una parte de un control más grande. Los Centinelas no solo se encargan de mantener la seguridad, son parte de un experimento global. Algo que los humanos nunca debieron crear.

Sofía sintió un nudo en el estómago. Algo dentro de ella le decía que estaban a punto de descubrir algo que cambiaría todo lo que creían saber.

—¿Qué tipo de experimento? —preguntó Sofía, su voz apenas un susurro.

Helena los miró por encima del hombro, su expresión tensa.

—Los Centinelas son la manifestación de la inteligencia artificial que controla el Núcleo. No son simplemente máquinas de combate, son humanos modificados genéticamente, programados para seguir órdenes sin cuestionar. Lo que empezó como una medida de seguridad se ha convertido en una fuerza imparable, diseñada para asegurar que el Núcleo cumpla su propósito sin interferencias externas.

Marcos se detuvo.

—¿Modificados genéticamente? ¿Humanos?

Helena asintió con gravedad.

—Sí. Los Centinelas son el resultado de años de experimentación. Lo que están protegiendo no es solo el futuro de una ciudad, sino el control total sobre la humanidad. Y si los dejamos alcanzar sus objetivos, nadie tendrá libertad.

Un estruendo en la distancia interrumpió su conversación. El sonido de pasos rápidos, seguidos por voces, les hizo darse cuenta de que los Centinelas ya estaban cerca. Sofía sintió cómo el pánico comenzaba a apoderarse de ella, pero se obligó a mantener la calma.

—¿Y qué hacemos ahora? —preguntó, mirando a Helena.

—Tenemos que llegar a la sala central. Ahí están los sistemas de control. Desde allí podremos desactivar el Núcleo, pero necesitaré tiempo.

Marcos asintió, su rostro tenso, pero decidido.

—¿Y si no lo logramos?

—No habrá un «sí» o «no» —dijo Helena, mientras los empujaba a moverse más rápido—. Solo hay una opción: detenerlos, o perderemos todo.

A medida que se acercaban a la sala central, la presión aumentaba. El lugar estaba iluminado por luces frías y blancas, y las pantallas que rodeaban la sala mostraban imágenes de vigilancia en tiempo real. Sofía, con el corazón latiendo con fuerza, vio cómo los Centinelas avanzaban por los pasillos cercanos, sus rostros impasibles como máscaras de metal.

—¡Ahora! —gritó Helena.

13

Se dirigieron al panel de control, con las manos temblorosas, pero en ese momento, los Centinelas irrumpieron en la sala. Sofía sintió el impacto del miedo en su pecho, pero Helena, con una calma sorprendente, activó el protocolo de desactivación.

Las luces de la sala comenzaron a parpadear, y la red de seguridad se desactivó. Los Centinelas, que hasta entonces no habían mostrado ni una pizca de emoción, se detuvieron de repente.

—Es hora de que todo termine —dijo Helena, mientras observaba cómo los Centinelas caían, uno por uno, desconectados de la red.

El futuro de la humanidad, una vez más, había quedado en manos de unos pocos.

A medida que los Centinelas caían, desactivados por la señal enviada desde el panel de control, un profundo silencio llenó la sala. Sofía, Marcos y Helena permanecieron inmóviles, respirando con dificultad, conscientes de que aún no estaban fuera de peligro. La desactivación de los Centinelas había sido solo un paso, pero el Núcleo seguía siendo una amenaza latente.

—Lo hemos logrado, pero esto no es suficiente —dijo Helena, mientras miraba las pantallas que ahora mostraban imágenes de los sistemas caídos—. El Núcleo necesita ser destruido por completo.

Marcos asintió, pero su rostro mostraba una creciente preocupación.

—¿Y cómo lo hacemos? No podemos, simplemente, apagarlo, ¿verdad?

Helena negó con la cabeza.

—El Núcleo está integrado en la infraestructura global. Si solo lo apagamos, activarán protocolos de emergencia que reiniciarán todo. Necesitamos destruir sus servidores principales.

Sofía sintió el peso de las palabras de Helena. Cada segundo que pasaba en ese lugar, el riesgo aumentaba, y la sensación de que no iban a salir de allí con vida se hacía cada vez más real.

—¿Dónde están esos servidores? —preguntó Sofía, apretando los dientes.

Helena comenzó a caminar hacia una de las paredes, donde una serie de mapas y diagramas de alta tecnología se proyectaban en la pantalla. Señaló un punto en el mapa.

—Aquí, en el núcleo central. Es el corazón del Núcleo. Si llegamos allí, podremos destruir los servidores. Pero tenemos que apresurarnos.

Marcos miró a Sofía y luego, a Helena.

—¿Y los Centinelas?

—Aún no hemos terminado con ellos. —Helena los observó fijamente—. Mientras avanzamos, se reactivarán. Y esta vez, no habrá forma de desactivarlos de nuevo.

El reloj estaba corriendo y la urgencia en las palabras de Helena les cortó la respiración. No había tiempo para más dudas. Sofía tomó una respiración profunda y, con un rápido movimiento, se puso en marcha. Marcos y Helena la siguieron.

La sala central, que antes había sido imponente y fría, ahora parecía un laberinto caótico, lleno de cables y pantallas parpadeando en todas direcciones. Cada esquina podía esconder una amenaza, cada paso podría ser el último.

Cuando llegaron al acceso principal al núcleo, encontraron una puerta blindada con sistemas de seguridad que jamás habían visto. Era la última línea de defensa, y parecía casi invulnerable.

—¿Tienes algo para esto? —preguntó Marcos, mirando a Helena con desesperación.

Helena se agachó y comenzó a trabajar en el panel de seguridad. Con precisión, tecleó una serie de comandos rápidos, sus dedos moviéndose casi con naturalidad en un acto que parecía ensayado. Después de un largo y tenso minuto, la puerta emitió un sonido mudo y se abrió lentamente.

El núcleo estaba ante ellos. Un gigantesco sistema de servidores, cables y pantallas, todo interconectado. Parecía una ciudad dentro de una ciudad.

—Ahí está —dijo Helena, con una mezcla de determinación y miedo—. Vamos.

De repente, un ruido resonó a través de las paredes. Los Centinelas estaban cerca, muy cerca.

Sofía se giró hacia el panel central y empezó a ingresar comandos, pero sabía que no tendrían mucho tiempo. La cuenta regresiva para la destrucción del Núcleo ya había comenzado.

—¡Sofía, apúrate! —gritó Marcos, mirando hacia el pasillo.

Los Centinelas estaban ahí, emergiendo de las sombras, y esta vez no los iban a dejar escapar. Pero no había vuelta atrás.

Sofía apretó un último botón. La explosión en el sistema de servidores fue superfuerte. Un destello de luz blanca iluminó todo, y los servidores se desintegraron en un destello de chispas y fuego.

Los Centinelas cayeron, inactivos, como figuras de metal caídas en una guerra que ya había terminado.

El Núcleo había sido destruido.

Sofía y Marcos se encontraban de pie frente al edificio donde había comenzado todo. El aire estaba frío y la ciudad parecía dormir, ajena a lo que había sucedido en las últimas semanas. La misión había sido cumplida, el Núcleo destruido, los Centinelas derrotados, pero el precio había sido alto. Mientras se acercaban a la puerta del edificio, Víctor apareció en el umbral.

—Lo habéis hecho bien —dijo Víctor con su tono grave—. El mundo ahora está un poco más libre, gracias a vosotros.

Sofía, aún con la tensión de la misión y la adrenalina corriendo por su cuerpo, asintió.

—No lo habríamos logrado sin tu ayuda.

—Gracias, Víctor.

Él les dedicó una mirada que parecía más personal, un reconocimiento sincero, pero sin palabras de más. Sin embargo, antes de que se marchara, Víctor se detuvo un instante, como si pensara en algo. Luego, le entregó a Sofía un pequeño sobre.

—Esto es para ti —dijo—. Deberías leerlo cuando tengas tiempo.

Con una última mirada, Víctor desapareció por la puerta, dejando a Sofía y Marcos solos.

Marcos la miró, su rostro serio pero con una ligera sonrisa.

—¿Qué tal si celebramos todo esto?

Sofía lo miró con curiosidad, sin saber si la invitación era en serio o simplemente parte de una broma.

—¿A dónde quieres ir?

—Te lo mostraré —respondió Marcos con una chispa en los ojos.

Marcos abrió la puerta de su casa con una sonrisa tímida, invitándola a pasar.

—Bienvenida —dijo, su voz suave y acogedora. La casa estaba en penumbra, pero se sentía cálida, casi acogedora, como un refugio de todo lo que había ocurrido en las últimas semanas.

Sofía observó con curiosidad; el interior era sencillo, pero bien cuidado. El mobiliario no era ostentoso, pero en cada rincón se veía que Marcos había puesto su toque personal. En la sala había una vieja guitarra apoyada en la pared y varios libros apilados sobre una mesa baja. No era un lugar lujoso, pero había algo en él que transmitía paz.

—¿Quieres algo de beber? —preguntó él, rompiendo el silencio.

Sofía asintió, pero su mirada seguía recorriendo la habitación.

—Un poco de agua está bien, gracias.

Marcos fue a la cocina y Sofía aprovechó para sentarse en el sofá. La casa de Marcos no era grande, pero se sentía acogedora, como un refugio personal. Cuando él regresó, le entregó el vaso con agua y se sentó a su lado, sin decir una palabra más.

El silencio reinó por un momento, pero no era incómodo. Era un silencio lleno de significado, de las experiencias compartidas, de las conversaciones no dichas.

Marcos la miró de reojo, sus ojos reflejando un atisbo de nerviosismo.

—Quiero que sepas que después de todo esto…, me alegra que estemos aquí. No importa todo lo que ha pasado, estoy agradecido por tenerte a mi lado.

Sofía sonrió suavemente.

—Lo mismo digo. Nunca pensé que terminaríamos aquí, pero… me alegra que lo hayamos hecho.

Él la miró con intensidad, como si quisiera decir algo más, pero las palabras no llegaban. En lugar de eso, dio un paso más cerca de ella. Sofía sintió la tensión en el aire, una atracción que no podía ignorar, una conexión que había crecido sin ser nombrada hasta ese momento.

—Marcos… —murmuró, pero sus palabras se ahogaron cuando él la miró, acercándose aún más.

—Shhh… —Él la interrumpió con una suavidad que la hizo callar.

Lentamente, sus labios encontraron los de ella en un beso suave, lleno de promesas no dichas. Fue un beso lento, lleno de emociones contenidas, de todo lo que había estado oculto durante tanto tiempo. Ninguno de los dos estaba apurado. Estaban allí, juntos, compartiendo ese instante de intimidad que había llegado sin previo aviso.

La calidez de su abrazo fue suficiente para que Sofía se dejara llevar, perdiéndose en la cercanía de Marcos. Las manos de él recorrieron su espalda con suavidad, y ella correspondió, dejando que la tensión de todo lo vivido se desvaneciera en la conexión que compartían.

El beso se profundizó, con la intensidad de todo lo no dicho, de todo lo que habían atravesado juntos. No era una urgencia, sino un deseo de compartir ese momento de paz, de rendirse el uno al otro de una forma que no necesitaba palabras.

En la habitación de Marcos, rodeados de la suavidad de la luz tenue, de la calma que solo se encuentra en la intimidad, Sofía y Marcos dejaron que el mundo exterior desapareciera, creando un refugio solo para ellos. No había necesidad de hablar de lo que había sucedido o de lo que podría suceder; solo existían ellos en ese momento.

La noche transcurrió sin prisas, sin expectativas, solo dos almas que se habían encontrado en medio de todo el caos y, por fin, podían encontrar un poco de paz en la compañía del otro.

14

El día siguiente amaneció tranquilo, pero cargado de una tensión invisible. Sofía despertó con la sensación de que algo no estaba bien, pero intentó ignorarlo mientras se vestía.

La noche anterior había sido un refugio, una burbuja a salvo del mundo exterior, pero sabía que, al salir de esa burbuja, todo seguiría igual.

Marcos la acompañó hasta su casa para que pudiera cambiarse. La despedida fue rápida; ambos sabían que no podían perder mucho tiempo. Había una nueva rutina por seguir, una nueva normalidad que tenían que enfrentar: el instituto.

Cuando llegaron al instituto, el ambiente era denso. Sofía lo notó en cuanto puso un pie en el edificio: miradas furtivas, susurros, risas que se callaban al verlos entrar. Al principio pensó que no era nada, que todo se debía a la tensión de haber estado fuera durante unos días, pero no era así.

Al entrar al pasillo principal, un grupo de chicas se les acercó, rodeándola. Sofía trató de ignorarlas, pero las palabras comenzaron a volar hacia ella.

—Y tú ¿qué haces con él? ¿No sabes quién es? —dijo una de ellas, con una sonrisa burlona.

—Es problemático, una mala influencia. ¿De verdad crees que te va a tratar bien? —dijo otra, con voz afilada.

—Seguro que ya te está usando. Ese tipo no vale nada. Ni te atrevas a pensar que es diferente. Eres una tonta si crees que es algo más que un cabrón —agregó una tercera chica, mirando a Sofía con desprecio.

Sofía se tensó. Ya lo veía venir. Todo lo que había tratado de evitar estaba sucediendo. La incomodidad se fue transformando en rabia, una rabia que crecía dentro de ella.

—¿Sabéis qué? —les dijo, mirando a cada una de ellas con determinación—. No me importa lo que penséis de él. No me importa lo que penséis de mí. Si vais a seguir con esto, más os vale aprender a respetar. El que yo esté con él no es vuestro problema.

Las chicas se rieron, pero Sofía ya no las escuchaba. El malestar seguía creciendo y no sabía cuánto más podría soportarlo.

No tuvo tiempo de seguir pensando, porque en ese momento un grupo de chicos se acercó. Uno de ellos, Curro, la miró de arriba a abajo con una sonrisa arrogante.

—Ey, Sofía. Te vienes con nosotros, ¿no? Ya sabes, el rollo de los chicos malotes. Seguro que te gusta —dijo, lanzando una mirada a sus amigos que rieron como si todo fuera una broma.

Sofía intentó no reaccionar, pero el miedo empezó a invadirla. Ellos se acercaron más y uno de ellos, con una mirada peligrosa, dio un paso hacia ella.

—Si te deja, ven con nosotros. Es lo que las chicas como tú buscan. No quieres seguir siendo la tonta buena, ¿verdad? —dijo uno de ellos, bloqueando su camino.

Sofía sintió cómo el espacio a su alrededor se iba cerrando. Estaba atrapada. Respiró con dificultad.

—Dejadme en paz —dijo, su voz temblando.

Curro no le dio opción. La empujó contra una taquilla, dejando poco espacio entre sus cuerpos. Sofía estaba completamente agobiada, su corazón latiendo con fuerza, la presión de la situación volviéndola loca. En ese momento, las lágrimas empezaron a arder en sus ojos, pero se obligó a no llorar, a no mostrar debilidad.

De repente, la figura de Marcos apareció en el pasillo, mirando la escena con furia. Sin dudarlo, se acercó rápidamente, agarró a Curro por la parte de atrás de la chaqueta y lo separó de Sofía.

—¿Qué cojones haces? —le espetó Marcos, su voz fría y amenazante.

Curro soltó una risa desafiante.

—¿Y tú qué? Si tú puedes, yo también puedo.

Antes de que pudiera reaccionar, Marcos le lanzó un puñetazo directo a la cara. Curro cayó hacia atrás, mientras los otros chicos retrocedían, sorprendidos. La pelea comenzó a desatarse de inmediato.

Sofía, completamente desbordada, no podía más. El caos la había envuelto de tal manera que ya no podía soportarlo. Empujó a alguien que estaba en su camino y, sin pensarlo, corrió hacia el baño. La puerta se cerró detrás de ella con un golpe y se dejó caer de rodillas, temblando, con las lágrimas desbordándose.

El miedo, la ansiedad y la impotencia se mezclaban en su pecho. No podía dejar de llorar, no podía dejar de sentir que todo estaba fuera de control.

Mientras tanto, el director apareció corriendo, separando a Marcos y Curro, pero cuando se dio cuenta de que Sofía no estaba, su rostro se llenó de confusión. Marcos, aún jadeando de la pelea, se dio cuenta al instante de que Sofía había desaparecido.

—¿Dónde está ella? —preguntó, su voz dura, mirando al director sin darle importancia a su presencia.

—¿Qué? Pero ¿qué pasa con…?

—¡No me importa lo que digas! ¡Voy a buscarla! —gritó Marcos, sin esperar más explicaciones.

El director intentó detenerlo, pero Marcos ya estaba corriendo hacia el baño. Entró sin llamar y la vio allí, llorando en el suelo. Su corazón se encogió al verla tan vulnerable.

—Sofía —dijo, acercándose lentamente, su voz suave—, ¿estás bien?

Sofía levantó la vista, temblando, y sin poder hablar, se lanzó a sus brazos, abrazándolo con fuerza. Él la sostuvo con cuidado, sus manos acariciando su espalda en un intento de calmarla.

—Lo siento, no debí dejarte sola —susurró Marcos, apretándola contra su pecho—. Lo siento mucho.

Sofía no podía dejar de temblar, pero en los brazos de Marcos, por primera vez en todo el día, sentía que había algo seguro. Algo que la hacía sentir que, quizás, todo podría salir bien, si se mantenían juntos.

Sofía se sentó en el borde del lavabo, con la cabeza entre las manos, respirando con dificultad. El sonido de su respiración entrecortada y el ruido distante de los pasillos le daban una sensación de vacío profundo. Marcos la observó un momento, sin saber qué hacer, hasta que se acercó con paso firme, preocupado.

—Sofía… —dijo suavemente, pero ella no levantó la mirada—. Sofía, mírame, ¿estás bien?

Un largo silencio se extendió entre ellos antes de que ella levantara lentamente la cabeza, sus ojos rojos de tanto llorar. La tristeza en su mirada parecía demasiado para Marcos, pero Sofía no quería que él lo viera de esa forma, no quería que él la viera débil.

—Esto no me hace bien, Marcos —dijo con la voz quebrada, mirando al suelo—. No quiero seguir viéndote pelear por mi culpa. No quiero que me pongas en esa situación… ni a ti.

Marcos frunció el ceño, confundido.

—¿Qué estás diciendo? ¿Por qué estar conmigo te hace mal?

Sofía apretó las manos sobre sus rodillas, una lucha interna reflejada en su rostro.

—Porque cada vez que estamos juntos, cada vez que intento estar cerca de ti, hay peleas, problemas, chicos como Curro… Todo el tiempo estás metido en peleas por mi culpa —dijo con frustración, levantándose de repente, sus ojos ahora llenos de lágrimas contenidas—. No quiero que sigas poniéndote en peligro por mí. No soy suficiente para justificarlo. No vale la pena que te hagas daño por alguien como yo.

Marcos la miró fijamente, incapaz de procesar completamente lo que estaba escuchando. Luego, se acercó a ella, con una calma que él mismo no sentía.

—Sofía…, esto no tiene nada que ver contigo. No es tu culpa.

—Pero cada vez que estoy contigo, todo parece volverse más complicado. Tú también te metes en problemas y yo… yo no quiero ser la razón por la que estás arruinando tu vida.—Sofía lo miró con desesperación en los ojos—. Te estoy hundiendo.

Marcos la interrumpió, levantando una mano, obligándola a mirarlo.

—Escucha, no es tu culpa. No lo es, Sofía. No lo que pasa entre nosotros, ni las peleas. Yo… yo tengo problemas. Lo sabes. Tengo un pasado que arrastro, cosas que aún no he superado. Pero eso no tiene nada que ver con lo que yo siento por ti. —Hizo una pausa, sus ojos más suaves, pero firmes—. Te quiero, Sofía.

Y aunque las cosas se pongan difíciles, aunque te pienses que te hago daño o que te estoy poniendo en peligro… No me importa. Lo hago porque te quiero. No me importa lo que pase. Yo voy a pelear por nosotros. Y no vas a hacer que me eche atrás.

Sofía estaba a punto de hablar, pero Marcos la detuvo al poner un dedo suavemente sobre sus labios.

—No estoy buscando que me agradezcas o que me pidas perdón. No es tu culpa. Es mía. Mis problemas, mi pasado. Tú no eres la que me hace pelear o hacer cosas malas, ni te voy a culpar por eso. Yo lo hago porque tú eres lo que quiero, Sofía.

Ella se quedó en silencio, completamente abrumada por sus palabras. La intensidad en su mirada y la sinceridad de su voz la hicieron dudar de todo lo que había estado pensando.

—Pero… ¿y si me haces daño? —Sofía susurró, temblando—. ¿Y si esto termina mal? ¿Y si…?

Marcos la interrumpió con una sonrisa tranquila, pese a la tensión en su propio cuerpo.

—Lo único que sé con certeza es que no quiero que esto termine mal. No quiero que te vayas. Yo estaré aquí, pase lo que pase. Y si me hago daño, no será por ti. Será por mis propios errores, por las decisiones que tomo.

Sofía lo miró con los ojos brillantes, sintiendo un peso en su pecho que comenzaba a deshacerse. No tenía todas las respuestas, pero en ese momento sentía algo más claro: él la amaba y no la culpaba. Y, aunque el miedo seguía presente, también lo estaba el consuelo de saber que no estaba sola en todo esto.

—Te prometo que, aunque todo sea complicado, no voy a dejar que te hundas. No me voy a alejar de ti. Y si tienes que pelear, que sea porque lo eliges, no porque me veas como una carga. —La voz de Marcos se suavizó aún más—. Yo soy el que elige estar contigo.

Sofía, con el corazón aún acelerado, dio un paso hacia él.

—Lo sé —susurró—. Y eso me asusta, pero me hace sentir mejor.

Marcos la abrazó suavemente, sintiendo cómo el miedo de ella se iba disipando poco a poco, mientras ella se aferraba a él.

—No tienes que temer. Yo estaré aquí para ti, siempre. Y nada de lo que pase cambiará eso.

Sofía cerró los ojos, disfrutando del consuelo de su abrazo.

<h1 style="text-align:center">15</h1>

El sol comenzaba a ocultarse detrás de las montañas, bañando el lago de Siempre con un brillo dorado. Sofía estaba recostada sobre las piernas de Marcos, ambos disfrutando de la calma que les ofrecía ese lugar aislado. El murmullo suave del agua y el canto lejano de las aves les daban la sensación de que el tiempo pasaba sin prisas, sin amenazas. Había algo tranquilizador en ese momento, algo que los alejaba de la tensión de todo lo demás.

Reían, compartían pequeñas historias, disfrutaban de la presencia del otro sin tener que hablar demasiado. Pero, de repente, la tranquilidad se rompió.

Sofía levantó la cabeza y miró hacia el sendero que llevaba al lago. Un grupo de cuatro personas apareció entre los árboles, caminando en su dirección. Marcos también se dio cuenta al instante, su cuerpo tensándose con rapidez. Sofía sintió un escalofrío recorrer su espina dorsal al ver la figura familiar de Curro en el centro del grupo. No había duda de que venían hacia ellos, y la tensión en el aire se volvió palpable.

—¿Qué hacen ellos aquí? —Sofía murmuró, casi temblando al ver cómo se acercaban.

—No lo sé —respondió Marcos, su voz tensa.

No le gustaba nada la situación. Las últimas semanas le habían dado suficiente razón para sospechar que Curro no iba a dejarlo en paz.

El grupo se acercó lentamente, uno de ellos con un bate de béisbol en la mano, un arma de intimidación que aumentaba la tensión de la escena. Sofía intentó relajarse, pero no podía. Un nudo de miedo se formó en su estómago.

Curro sonrió de manera desafiante al llegar cerca de ellos, y los otros chicos se quedaron a su alrededor, creando un círculo. La presión se hacía cada vez más insoportable.

—¿Qué pasa, Marcos? —Curro dijo con una sonrisa torcida—. ¿Pensaste que podrías quedarte con ella sin pagar las consecuencias?

Marcos se levantó lentamente, protegiendo a Sofía con su cuerpo. Sabía lo que venía.

—No busco problemas, Curro —dijo, su voz calmada pero firme—. Déjanos en paz.

Pero Curro no lo iba a dejar ir tan fácilmente.

—Ya es tarde para eso, cabrón —dijo, agitando el bate—. Te voy a enseñar a respetar.

En ese momento, todo estalló. El bate voló hacia Marcos, quien lo esquivó y lanzó un puñetazo directo a la cara de Curro. El impacto resonó en el aire, y el cuerpo de Curro cayó al suelo. El caos siguió, con golpes, patadas y gritos. La sangre comenzó a derramarse, primero de la boca de Curro y luego de otros miembros del grupo. Los chicos intentaron rodear a Marcos, pero él estaba luchando con una furia que solo los recuerdos de su pasado le daban.

El miedo de Sofía se convirtió en pánico. No quería verlo herido, no quería que siguiera peleando. En medio del tumulto, se levantó rápidamente y corrió hacia Marcos, poniéndose frente a él en el instante en que Curro intentaba levantarse del suelo.

—¡Marcos, no! —gritó Sofía, su voz quebrada por la angustia. Con las manos temblorosas, le cogió la cara ensangrentada. Sus ojos estaban llenos de lágrimas—. ¡Corre! ¡Corre ahora! ¡No mires atrás!

Marcos la miró fijamente, confundido por la urgencia en su voz. El mundo a su alrededor parecía estar detenido, pero Sofía lo empujó hacia atrás con suavidad.

—¡Por favor, corre! Tienes que irte, encontrar algo mejor. Un futuro mejor. Yo… yo confío en que la vida nos juntará si tiene que ser así. Pero ahora no puedes quedarte.

Marcos dudó, las palabras de Sofía calando hondo en su corazón. Ella le estaba pidiendo que se alejara, que se fuera, que salvara su vida. En ese momento, se dio cuenta de lo que ella estaba haciendo: estaba dejándose ir para que él tuviera una oportunidad de salir, de escapar de todo lo que los rodeaba. La desesperación en su rostro lo rompió por dentro.

Sin decir una palabra, Marcos se inclinó hacia ella y la besó, un beso suave, lleno de dolor y de promesas calladas. Cuando se separó, se quedó a tan solo un centímetro de su frente, los ojos de ambos llenos de tristeza.

—Te quiero —susurró Marcos, su voz rasposa—. Conociéndote, Sofía, sentí lo que nunca había sentido antes. Como si pudiera volar en el espacio, sin miedo, sin cadenas. Ahora… supongo que tengo que irme.

Sofía sintió cómo el corazón le temblaba en el pecho, la angustia envolviéndola.

—No mires atrás —susurró, su voz rota—. Por favor, solo corre.

Marcos le dio una última mirada antes de girarse y comenzar a alejarse, sin mirar atrás, sin escuchar los gritos de Curro y sus amigos que los seguían. Sofía se quedó allí, en el mismo lugar, viendo cómo se iba, mientras las lágrimas caían sin cesar. El dolor era insoportable, pero ella entendía. Sabía que no podían estar juntos en ese momento. Sabía que él necesitaba escapar, encontrar algo mejor.

Destruida, Sofía se quedó en el lago, el silencio del lugar ahora aplastante, mientras el sol desaparecía por completo en el horizonte. Al final, se giró, dejando atrás ese lugar que había sido su refugio y caminó sola hacia su casa, con el corazón roto y la mente llena de preguntas que nunca encontrarían respuesta.

Y cuando él ya se había marchado, comprendí que aquel adiós no era un punto final, sino un paréntesis que la vida había decidido abrir.
Fragmento de un libro que Sofía leía

El viento soplaba con suavidad sobre el lago de Siempre, levantando pequeñas ondas en la superficie del agua. El sol estaba en su punto más alto, reflejándose en el paisaje con un brillo dorado que Sofía conocía demasiado bien. Aquel era el mismo lago donde, cinco años atrás, había despedido a Marcos. Donde su corazón se había roto en mil pedazos.

Sofía estaba sentada sobre una manta, con un libro entre las manos, pero su mente no estaba realmente en la historia. Sus ojos se perdían en las páginas, en las palabras que hablaban de despedidas y reencuentros, como si el destino se burlara de ella. Suspiró y cerró el libro por un momento, abrazándolo contra su pecho.

Después de aquella noche en el lago, su vida había cambiado por completo. Pasó meses sin saber nada de Marcos, con la sensación de que una parte de ella se había ido con él. Al principio, lo buscó en los lugares donde solían estar, preguntó a conocidos, incluso se sorprendió a sí misma esperando verlo aparecer en cualquier esquina. Pero Marcos nunca volvió.

Con el tiempo, Sofía tuvo que seguir adelante. Se mudó al centro para estudiar, encontró un trabajo que la mantenía ocupada y, aunque su corazón aún latía con su recuerdo, aprendió a dejar de esperarlo. Aprendió a vivir con la idea de que quizá, en alguna parte del mundo, él también intentaba rehacer su vida.

Pero los fantasmas del pasado nunca desaparecen del todo.

Ese día, al volver a aquel lago después de tanto tiempo, sintió que algo en su interior despertaba. Como si su yo del pasado aún estuviera ahí, esperando una respuesta que nunca llegó.

—¿Puedo sentarme? —preguntó una voz masculina a su lado.

Sofía levantó la vista y se encontró con unos ojos verdes que la observaban con curiosidad. Era Daniel, el chico con el que había coincidido en la cafetería hacía unos meses y que, poco a poco, se había convertido en una presencia constante en su vida.

—Claro —dijo ella, sonriendo levemente mientras hacía espacio en la manta.

Daniel se sentó a su lado y miró el lago con una expresión tranquila.

—No sabía que te gustaba venir aquí.

—Solía hacerlo —respondió Sofía, sin dar más detalles.

Daniel asintió. No presionó para que ella explicara más, y eso era algo que Sofía agradecía. Desde que lo conoció, había sido un soplo de aire fresco en su vida. No le exigía explicaciones ni intentaba forzar su pasado. Simplemente, estaba ahí, dispuesto a compartir momentos con ella.

Pasaron un rato en silencio, hasta que Daniel le quitó el libro de las manos con una sonrisa juguetona.

—A ver qué lees…

Lo abrió por la última página que Sofía había marcado y leyó en voz alta el fragmento subrayado.

—«Y cuando él ya se había marchado, comprendí que aquel adiós no era un punto final, sino un paréntesis que la vida había decidido abrir».

Sofía sintió un nudo en la garganta.

—Bonita frase —comentó Daniel.

—Sí —susurró ella, mirando el lago.

Él no insistió más y, en su silencio, Sofía entendió que quizá, solo quizá, estaba empezando a encontrar un nuevo comienzo.

Esa noche, Sofía y Daniel quedaron con Marta y su novio en un bar del centro. Marta había sido su mejor amiga desde la adolescencia; ella conocía toda la historia con Marcos. Y, aunque nunca lo decía en voz alta, Sofía sabía que Marta seguía esperando que él apareciera de nuevo en su vida.

El bar estaba lleno de gente y música suave de fondo. Sofía y Daniel llegaron juntos, riendo por alguna tontería que él había dicho en el camino. Marta ya los esperaba en una mesa con su novio, Jaime, y se levantó para abrazar a Sofía.

—¡Por fin llegas! —exclamó Marta con una sonrisa. Luego miró a Daniel con curiosidad—. Así que tú eres el famoso Daniel…

—El mismo —respondió él con una sonrisa encantadora—. Y tú debes ser la mejor amiga de Sofía, de la que tanto habla.

Sofía rodó los ojos mientras Marta sonreía satisfecha. Se sentaron, pidieron algo de beber y la conversación fluyó con facilidad. Sofía se sintió cómoda, disfrutando del momento. Pero entonces, un nombre surgió en la conversación de forma inesperada.

—El otro día me encontré con alguien que no veía desde hace mucho tiempo —dijo Marta, mirándola con cautela.

Sofía frunció el ceño.

—Ah, ¿sí? ¿Quién?

Marta hizo una pausa antes de responder.

—Marcos.

El nombre cayó como una piedra en el estómago de Sofía. Sintió que la respiración se le atascaba por un segundo, pero intentó mantener la compostura.

—¿Dónde lo viste? —preguntó, su voz más baja de lo normal.

—En una cafetería, cerca de su trabajo. No sabía que había vuelto a la ciudad.

Sofía bajó la mirada, procesando la información. ¿Marcos estaba de vuelta? Después de cinco años sin noticias, ¿había regresado sin decir nada?

Daniel notó el cambio en su expresión y apoyó su mano sobre la de ella, en un gesto sutil pero reconfortante. Sofía le dedicó una pequeña sonrisa, agradeciendo su apoyo.

—¿Te habló de algo en particular? —preguntó finalmente.

—No mucho. Solo dijo que las cosas habían cambiado y que… esperaba que tú estuvieras bien.

Sofía asintió lentamente. No sabía qué hacer con esa información. Parte de ella quería buscarlo, enfrentarlo, preguntarle por qué nunca volvió. Pero otra parte, la que había aprendido a seguir adelante, le decía que no valía la pena remover lo que ya estaba enterrado.

Pero el destino, como siempre, tenía otros planes.

Porque en ese preciso momento, mientras su mente seguía luchando con su pasado, la puerta del bar se abrió y una figura familiar entró.

Marcos.

Sofía sintió que el aire se volvía más denso a su alrededor. No podía creerlo. Después de tanto tiempo, después de tantos intentos de olvidarlo, ahí estaba él.

Y lo peor de todo es que sus ojos la buscaron en cuanto entró.

Su mirada se cruzó con la de Sofía y, en ese instante, todo lo demás dejó de existir.

Daniel, Marta, Jaime, el ruido del bar… todo desapareció.

Ni un gesto, ni una palabra, solo su mirada chocando con la de ella por un segundo que pareció eterno. Luego, sin más, cogió su café y se fue. Como si nada.

Sofía tragó saliva, sin saber qué hacer. Porque, por más que quisiera negarlo, una parte de su corazón todavía recordaba lo que había sido amar a Marcos.

Y ahora, con él de vuelta en su vida, sabía que las cosas estaban a punto de complicarse otra vez.

Más tarde, esa noche, después de la salida con Marta y Jaime en el bar, Sofía se dejó caer en la cama con el teléfono en la mano.

Estaba cansada, pero no podía dormir. Abrió Instagram de manera automática, deslizando sin pensar.

Hasta que algo llamó su atención.

Un nuevo perfil le había aparecido en la sección de cuentas sugeridas. Un nombre familiar, una foto que no necesitó mirar dos veces: Marcos Gutiérrez.

Su corazón se detuvo por un segundo.

No era un perfil viejo. La cuenta estaba activa, con fotos recientes, algunas de su vida en otra ciudad, otras en lugares que Sofía no reconocía. Pero lo que más le impactó fue la última historia que había subido.

Era una imagen de un bar, con luces tenues y una copa de *whisky* en la mesa. Y debajo, un mensaje corto, casi como si estuviera dirigido a alguien en particular.

«A veces, el pasado encuentra la forma de volver». Sofía sintió un escalofrío recorrerle la espalda.

No sabía qué le impulsó a hacerlo, pero antes de poder detenerse, ya había tocado el botón de «seguir». Y apenas unos minutos después, la notificación apareció en su pantalla: «Marcos Gutiérrez ha aceptado tu solicitud».

Su corazón latía rápido. No esperaba que respondiera tan rápido, pero antes de que pudiera procesarlo, un nuevo mensaje entró en su bandeja de entrada.

Marcos: *No pensé que volvería a saber de ti.*

Sofía tragó saliva. Había tantas cosas que decir y, al mismo tiempo, ninguna que pudiera expresar lo que sentía en ese momento.

Sofía: *Yo tampoco.*

Marcos: *Te vi en la lista de sugerencias. No sé si es cosa del destino o del algoritmo de Instagram.*

Sofía sonrió con tristeza.

Sofía: *Tal vez un poco de ambas.*

La conversación se quedó en pausa, como si ninguno supiera qué decir después de tanto tiempo. Pero entonces, otro mensaje llegó.

Marcos: *¿Cómo has estado?*

Sofía se quedó mirando la pantalla. No era una pregunta sencilla. No después de todo lo que había pasado.

Iba a responder cuando escuchó un leve golpe en la ventana. Se giró y vio a Daniel afuera, en la acera, con las manos en los bolsillos y una sonrisa tranquila.

Sofía dejó el teléfono a un lado y bajó a abrirle la puerta.

—¿Qué haces aquí? —preguntó, sorprendida.

—Te llevé a casa, pero olvidé hacer algo antes de que entraras —respondió él, dando un paso más cerca.

Sofía frunció el ceño, confundida.

—¿El qué?

Daniel no respondió con palabras. En cambio, levantó una mano para apartarle un mechón de cabello de la cara y, con una suavidad inesperada, se inclinó y la besó.

Fue un beso lento, sin prisas, como si quisiera dejarle claro que estaba ahí, en el presente, con ella.

Cuando se separaron, Sofía sintió su corazón acelerado, pero no por la notificación de Marcos en su teléfono, sino por el chico que tenía enfrente.

—Nos vemos mañana —susurró Daniel antes de despedirse.

Sofía cerró la puerta y apoyó la espalda contra ella.

Miró el teléfono. Miró la conversación con Marcos.

Y, por primera vez en mucho tiempo, sintió que el pasado ya no tenía el mismo poder sobre ella.

16

Sofía se quedó apoyada contra la puerta, con los labios aún hormigueando por el beso de Daniel. No podía evitar sonreír, sintiendo cómo algo en su interior se agitaba, algo que no había sentido en mucho tiempo.

Respiró hondo y volvió a mirar el teléfono. La conversación con Marcos seguía allí, esperando su respuesta. Pero, por primera vez, no sintió la urgencia de responder de inmediato.

En lugar de eso, bloqueó la pantalla y se dejó caer en la cama. Esa noche durmió mejor de lo que había dormido en años.

Días después

El sonido de las tazas chocando y las conversaciones en segundo plano llenaban la cafetería. Sofía movía la cuchara en su café distraídamente, mientras Marta la miraba con los brazos cruzados.

—Te conozco demasiado bien —dijo Marta, entornando los ojos—. Estás pensando en Marcos.

Sofía suspiró.

—No lo sé. No es como si quisiera volver a buscarlo, pero después de tanto tiempo… verlo ahí, tan fácil de alcanzar, es extraño.

—Y peligroso —añadió Marta—. Porque cuando alguien del pasado aparece de repente, es como si todo lo que avanzaste pudiera desmoronarse en segundos.

Sofía miró su teléfono sobre la mesa. Desde aquella noche, Marcos no había vuelto a escribirle. Y ella tampoco había respondido.

—Daniel es un buen chico, Sofi —continuó Marta, con una mirada más suave—. Y, por primera vez en mucho tiempo, te veo sonreír de verdad. No dejes que alguien que desapareció vuelva a revolverte todo.

Sofía asintió, pero, en el fondo, sabía que el capítulo con Marcos no estaba completamente cerrado.

Y el destino, como siempre, no tardaría en recordárselo.

Días después, Sofía y Daniel caminaban por una calle iluminada por las luces de los bares y restaurantes. Habían salido a cenar y Sofía disfrutaba de su compañía más de lo que estaba dispuesta a admitir.

—Entonces, ¿me estás diciendo que fuiste la campeona de ajedrez de tu colegio? —preguntó Daniel, mirándola con diversión.

—No es tan impresionante como suena —rio Sofía—. Solo significa que pasé demasiado tiempo con mi abuelo jugando cuando era niña.

—Bueno, ahora tengo miedo de retarte a una partida.

—Deberías.

Daniel se detuvo frente a ella y la miró con una sonrisa ladeada.

—Me gusta verte así —dijo—. Relajada, sin preocupaciones.

Sofía sintió un nudo en el pecho. Daniel la hacía sentir ligera, como si todo lo complicado del pasado se desvaneciera cuando estaba con él.

—Es fácil cuando estoy contigo —confesó sin pensarlo demasiado.

Daniel entrecerró los ojos con una expresión divertida.

—¿Eso es una confesión de que te gusto, Sofía?

Ella fingió indignación.

—¿Y si lo fuera?

—Entonces tendría que hacer esto…

Y, sin más, la besó.

Fue un beso diferente al primero. Más seguro, más profundo.

Sofía sintió que se aferraba a él como si no quisiera soltarse. Y, en ese momento, entendió que estaba en peligro. Porque Daniel le gustaba. Mucho.

Pero justo cuando sintió que se estaba dejando llevar por completo, un sonido la sacó del momento.

Su teléfono vibró en su bolsillo.

Cuando se separó de Daniel para sacarlo y ver quién era, el mundo pareció detenerse: «Marcos Gutiérrez te ha enviado un mensaje».

Sofía tragó saliva, sintiendo cómo la realidad la golpeaba de nuevo.

Daniel notó su cambio de expresión y arqueó una ceja.

—¿Todo bien?

Sofía forzó una sonrisa y bloqueó el teléfono sin leer el mensaje.

—Sí —respondió, guardándolo en su bolsillo—. Todo bien.

Pero por dentro sabía que nada estaba bien. Porque, le gustara o no, su pasado acababa de llamar a la puerta otra vez.

El amor no siempre es quien se queda. A veces, el amor es quien te enseña a dejar ir.

Las páginas del libro crujieron suavemente entre los dedos de Sofía mientras pasaba de capítulo. Estaban en la pequeña librería que tanto le gustaba, un rincón escondido en la ciudad donde el tiempo parecía detenerse entre estantes llenos de historias.

Daniel estaba a su lado, hojeando un libro de ciencia ficción, pero cada cierto tiempo le lanzaba miradas divertidas, como si estuviera esperando que ella dijera algo primero.

—¿Qué estás leyendo? —preguntó, inclinándose un poco sobre su hombro.

Sofía sonrió y le mostró la portada. Era un libro sobre amores que se cruzaban en distintos momentos de la vida, siempre en el instante incorrecto.

Daniel arqueó una ceja.

—Déjame adivinar… ¿dos personas destinadas a estar juntas, pero el destino los separa una y otra vez?

Sofía rio suavemente.

—¿Cómo lo has sabido?

—Porque tienes cara de romántica melancólica —bromeó él—. Y porque siempre te veo con libros así.

Ella negó con la cabeza, pero no pudo evitar que algo dentro de ella se removiera.

«El amor en tiempos equivocados».

¿No era esa la historia de ella y Marcos?

Sus dedos se tensaron alrededor del libro mientras recordaba aquellos días en los que él era su todo. Cuando su risa llenaba los espacios vacíos y su amor parecía capaz de desafiar cualquier obstáculo. Pero al final, incluso el amor más fuerte no pudo contra la realidad.

Daniel interrumpió sus pensamientos cuando tomó el libro de sus manos y lo abrió en una página al azar.

—Veamos qué encontramos aquí… —susurró antes de leer en voz alta—. «Quizás en otra vida. Quizás en otro momento. Quizás cuando no tengamos que despedirnos».

Sofía sintió un escalofrío.

Daniel levantó la mirada y la observó en silencio, como si intentara leer su mente.

—Bonita frase —dijo él al final, con suavidad.

Sofía tragó saliva y asintió.

«Sí, bonita. Y terriblemente real».

Esa noche, Sofía estaba en su habitación con el mismo libro entre las manos, pero su mirada no estaba en las palabras.

Su teléfono estaba sobre la mesita de noche, boca abajo. Sabía que el mensaje de Marcos seguía ahí. No lo había leído aún, pero tampoco había podido ignorarlo del todo.

Tomó el teléfono con nerviosismo y deslizó la pantalla.

Marcos: *No sé por qué apareciste en mi vida otra vez, pero llevo días preguntándome si escribirte o no. Espero que estés bien.*

Sofía cerró los ojos y dejó caer el teléfono en su regazo.

El primer amor nunca se olvida, porque siempre queda algo de él entre los espacios vacíos del corazón.

No podía evitarlo. Marcos seguía ahí, como una sombra en su vida, como un susurro que no desaparecía.

¿Debía responderle? ¿O debía dejarlo ir de una vez por todas? Antes de poder tomar una decisión, su teléfono vibró otra vez. Pero esta vez no era Marcos. Era Daniel.

Daniel: *¿Estás despierta?*

Sofía sonrió sin darse cuenta.

Sofía: *Sí. ¿Qué pasa?*

Daniel: *Tengo un libro para ti. Uno donde nadie tiene que despedirse.*

Su corazón latió con fuerza. Quizás, después de todo, había otra historia esperando ser escrita.

Sofía: *Si me lo quieres dar hoy, te espero en mi portal.*

Daniel: *En cinco minutos estoy allí.*

Algunas personas dejan huellas en el corazón, aunque ya no caminen a nuestro lado.

Sofía sonrió mientras se acomodaba en el sofá, con el libro nuevo de Daniel entre las manos. Le había prometido que no se dormiría sin leer, al menos, un capítulo y, aunque el día había sido largo, la curiosidad la mantenía despierta.

Era una historia diferente a las que solía leer. No hablaba de amores imposibles ni de despedidas dolorosas. En su lugar, narraba el amor que crecía en la cotidianidad, en los pequeños detalles, en las conversaciones que parecían insignificantes pero que lo significaban todo.

Daniel tenía razón. Era un libro donde nadie tenía que despedirse.

Pero a pesar de la calidez de sus páginas, a pesar de la sensación de seguridad que le daba Daniel, había algo que seguía pesando en su pecho.

Marcos.

Su mensaje seguía sin respuesta.

Lo había leído, sí. Había sentido el vuelco en el estómago, el torbellino de emociones, el impulso de escribirle. Pero no lo había hecho. No porque no quisiera, sino porque no sabía qué decir.

¿Cómo se saluda a alguien que alguna vez fue tu todo y luego se convirtió en un recuerdo?

Cerró el libro y dejó escapar un suspiro.

Tal vez, nunca se iba del todo. Tal vez, Marcos no era solo un recuerdo, sino un eco que siempre encontraría la manera de resonar en el presente.

—¿Y bien? —preguntó Marta, moviendo su café con la cucharilla mientras la miraba con ojos inquisitivos—. ¿Vas a responderle?

Sofía dio un sorbo a su capuchino antes de responder.

—No lo sé. Parte de mí siente que no tiene sentido. Que es mejor dejar todo en el pasado.

Marta apoyó un codo en la mesa y la observó con curiosidad.

—¿Y la otra parte de ti…?

Sofía dejó la taza en el plato con suavidad.

—La otra parte de mí quiere saber en qué se ha convertido. Si ha cambiado. Si alguna vez pensó en mí tanto como yo pensé en él.

Marta suspiró y se acomodó en la silla.

—Sofía, te haré una pregunta y quiero que seas honesta.

—Dispara.

—Si Marcos no hubiera aparecido de nuevo, ¿sentirías lo mismo por Daniel?

Sofía parpadeó, sorprendida por la pregunta.

Daniel.

El chico que la hacía reír sin esfuerzo. Que la miraba como si no existiera nadie más en la habitación. Que había entrado en su vida con una suavidad inesperada, sin tormentas ni cicatrices.

Lo quería. De verdad lo quería. Pero…

El corazón no siempre elige el camino más fácil. A veces, simplemente, elige a quien nunca dejó de amar.

—Lo quiero —susurró al final—. Pero…

Marta levantó una ceja.

—Pero, esa palabra lo cambia todo.

Sofía bajó la mirada a la taza de café y suspiró.

—Pero Marcos todavía está aquí —dijo, señalando su pecho—. No sé cómo sacarlo.

Esa noche, cuando estaba a punto de dormirse, teniendo a Daniel al lado, su teléfono vibró.

17

Con el corazón latiéndole rápido, lo tomó y miró la pantalla.

Marcos: *No sé si no quieres hablar conmigo o si, simplemente, no sabes qué decir. Pero necesito verte, Sofía.*

Sofía sintió cómo su respiración se detenía por un segundo. Verlo.

Después de tanto tiempo, después de haber reconstruido su vida, después de haber encontrado a Daniel.

Marcos quería verla.

Y lo peor de todo… es que ella quería verlo también.

Los celos no siempre significan amor. A veces, solo revelan el miedo de perder lo que creemos nuestro.

La pantalla del teléfono brillaba en la oscuridad de la habitación. Sofía la miraba fijamente, el mensaje de Marcos aún sin responder, pero con una fuerza gravitacional imposible de ignorar.

No sabía cuánto tiempo llevaba así cuando sintió un movimiento a su lado.

—¿Quién es? —La voz de Daniel rompió el silencio como un cristal haciéndose añicos.

Sofía sintió un escalofrío recorrerle la espalda. No había notado que Daniel estaba despierto.

—Nadie —respondió demasiado rápido, apagando la pantalla y dejando el teléfono boca abajo sobre la mesa de noche.

Pero era tarde. Daniel lo había visto.

Antes de que pudiera reaccionar, él se inclinó y tomó el teléfono con rapidez. Sus ojos se clavaron en la pantalla, sus pupilas dilatándose mientras leía el mensaje de Marcos.

Sofía se levantó de golpe.

—Daniel, dame mi teléfono.

Pero él no se movió. Seguía mirando la pantalla, como si las palabras fueran cuchillos clavándose en su pecho.

Cuando por fin levantó la mirada, sus ojos estaban llenos de algo que Sofía no había visto en él antes: celos, dolor, furia contenida.

—¿Desde cuándo hablas con él? —preguntó con la voz tensa.

Sofía sintió un nudo en la garganta.

—No es lo que piensas.

Daniel dejó escapar una risa seca, sin humor.

—Siempre es lo mismo, ¿no? «No es lo que piensas». Entonces, dime, Sofía, ¿qué es? Porque lo que veo es que tu exnovio quiere verte y tú aún no lo has bloqueado.

Sofía cruzó los brazos, tratando de mantener la calma.

—No le he respondido.

—Pero lo estás pensando.

El peso de la verdad cayó sobre ella. Porque sí, lo estaba pensando.

Daniel apretó la mandíbula y dejó el teléfono sobre la mesa con un golpe.

—¿Sabes qué es lo peor? —susurró—. Que en todo este tiempo, pensé que me estabas eligiendo.

—Te estoy eligiendo —respondió Sofía con urgencia.

—No. —Daniel negó con la cabeza, dando un paso hacia ella. Su cuerpo irradiaba tensión, como una tormenta a punto de estallar—. No lo haces. Porque si de verdad me eligieras, no estaríamos teniendo esta conversación.

Sofía sintió la desesperación treparle por la piel.

—Daniel…

Pero él ya no la escuchaba. De repente, la sujetó por la muñeca y la empujó suavemente contra la pared, atrapándola entre sus brazos. Su respiración chocaba contra la de ella, sus ojos oscuros ardiendo con una luz de rabia.

—Dímelo a la cara —susurró—. Dime que él no significa nada para ti.

Sofía sintió su corazón martilleándole el pecho.

Daniel estaba tan cerca que podía oler su perfume, sentir el calor de su cuerpo. Pero dentro de ella, todo era un caos. Porque, aunque quería a Daniel, aunque lo apreciaba y lo deseaba, la sombra de Marcos aún estaba ahí, inquebrantable.

Sus labios se entreabrieron, pero no pudo pronunciar las palabras. Y eso lo dijo todo.

Daniel dejó escapar un suspiro entrecortado, soltándola lentamente.

—No puedes, ¿verdad?

Sofía sintió lágrimas arderle en los ojos.

—Lo siento.

Daniel rio con amargura y se pasó una mano por el cabello.

—¿Sabes qué es lo peor de todo? Que te quiero, Sofía. De verdad. Pero amar a alguien que aún está atada al pasado es como abrazar una sombra. Y yo no quiero ser la sombra de nadie.

Se quedó en silencio por unos segundos, como si estuviera tratando de encontrar las palabras adecuadas.

—Así que dime… —continuó—: ¿vas a verlo?

Sofía cerró los ojos.

Y cuando los abrió, supo que su respuesta cambiaría todo.

18

El amor nunca debería doler. Nunca debería hacerte temer. Nunca debería romperte.

El espejo le devolvió una imagen que no quería ver.

Sofía deslizó los dedos con suavidad sobre la piel amoratada bajo su ojo derecho. No estaba hinchado, pero el golpe era visible. Un morado profundo, con bordes rojizos, como si el dolor se negara a desaparecer.

Cerró los ojos con fuerza.

No.

No iba a llorar.

Pero el nudo en su garganta quemaba.

ANOCHE

Todo había pasado demasiado rápido. Daniel había vuelto tarde. Se notaba en su forma de caminar que había bebido más de la cuenta, pero no estaba borracho. Solo… enojado.

—¿Qué hacías con el móvil tan pegado a la cara? —preguntó con la voz arrastrada.

Sofía dejó el teléfono boca abajo en la mesa de la sala y forzó una sonrisa.

—Hablaba con Marta.

Él soltó una risa seca.

—¿Con Marta? ¿O con él?

El corazón de Sofía dio un vuelco.

—Daniel, por favor…

—¡No me mientas, joder!

El grito retumbó en el pequeño piso. Sofía sintió cómo su cuerpo se tensaba, su piel reaccionando al peligro antes de que su mente procesara lo que estaba pasando.

Daniel la miraba con los ojos oscuros, llenos de rabia. No era la primera vez que discutían, pero esta vez algo era diferente.

—Te di todo, Sofía. Todo. —Su voz bajó, pero el tono seguía siendo amenazante—. Y, aun así, sigues pensando en él, ¿verdad?

Sofía abrió la boca para responder, para calmarlo, para decir cualquier cosa que evitara que la situación se saliera de control.

Pero no tuvo tiempo.

El golpe no fue brutal, pero fue lo suficientemente fuerte para que ella sintiera la quemazón en la piel cuando la mano de Daniel la alcanzó. Un impacto seco, inesperado. Su rostro giró hacia un lado, su respiración se detuvo.

El silencio en la habitación fue ensordecedor.

Daniel se quedó paralizado. Su expresión cambió de furia a algo parecido al horror.

—Mierda… Sofía, yo…

Ella dio un paso atrás, sintiendo el ardor en su mejilla.

—No quise… —Daniel se acercó con las manos extendidas, como si quisiera tocarla, como si pudiera borrar lo que acababa de hacer—. Perdóname. Fue un impulso. No quería… Me cegaron los celos.

Sofía no pudo decir nada. Solo lo miró, sintiendo su mundo desmoronarse en un instante.

Ahora

Sofía estaba en el parque, sentada en el banco más apartado, con la capucha de su abrigo cubriendo la mayor parte de su rostro. El aire frío de la tarde no lograba apagar el ardor en su piel ni el caos en su pecho.

Marta llegó corriendo.

—¿Por qué querías verme urgente?

Sofía tragó saliva y bajó la capucha. Marta se detuvo en seco.

—Dios… —Su voz fue un susurro ahogado—. ¿Quién te ha hecho eso?

Sofía sintió las lágrimas subir a su garganta. Bajó la mirada, incapaz de sostener la de su amiga.

Marta se sentó a su lado y le tomó la mano.

—Dime que no fue él.

Se hizo un silencio.

Un silencio que lo decía todo.

—Sofía…

Las lágrimas comenzaron a caer, una tras otra, hasta convertirse en un llanto incontrolable.

Marta la abrazó con fuerza, sosteniéndola como si pudiera recoger los pedazos rotos.

—Tienes que dejarlo.

Sofía negó con la cabeza.

—No es así. No es él… no siempre es así. Fue un momento. Se enfadó. Yo… yo lo provoqué.

Marta la apartó y la miró a los ojos con una intensidad feroz.

—No digas eso. No te atrevas a justificarlo.

Sofía se mordió el labio tembloroso.

—Él me quiere, Marta.

—El amor no duele así. El amor no golpea.

Sofía cerró los ojos con fuerza.

—No sé cómo salir de esto.

Marta apretó sus manos con firmeza.

—No tienes que hacerlo sola. Estoy aquí. Vamos a salir de esto juntas.

Sofía tembló entre sus brazos.

—Nunca lo has amado, Sofía.

—Sí he sentido cosas por él.

—Pero no tan intensas como Marcos. Ese fue tu verdadero amor.

—¿Por qué hablas en pasado?

—No sé, a lo mejor porque llevas tres meses sin responderle.

—Ya, pero Daniel…, tía.

—¿Y tú y tus sentimientos dónde quedáis, Sofía?

—No lo sé, Marta. Todo esto es más complicado de lo que parece.

19

Marcos caminaba por el parque con las manos en los bolsillos, sus pensamientos nublados por los recuerdos y las decisiones que aún no lograba comprender. El frío de la tarde había calado en su piel, pero la sensación de inquietud lo mantenía alerta. No podía dejar de pensar en Sofía. Los mensajes que había recibido, las pocas palabras que ella le había enviado… algo no estaba bien.

En su teléfono, un nuevo mensaje apareció en su pantalla. Era de Marta.

Marta: *Marcos, necesitamos hablar.*

Él suspiró. Marta, a pesar de todo, nunca lo juzgó después de que Sofía le confesara sus sentimientos. Sabía que no había mucho que decir, pero la insistencia de su mensaje lo inquietaba. Decidió llamarla, esperando encontrar alguna respuesta.

—¿Qué pasa, Marta? —dijo, alzando la voz para que no se notara la incomodidad que sentía.

Marta se encontraba en un lugar tranquilo, con el viento corriendo entre las hojas secas del parque, pero su tono no reflejaba paz alguna.

—Marcos, necesito que escuches lo que voy a decir. —Marta respiró profundamente antes de hablar, como si se estuviera armando de valor—. Sofía está mal.

Marcos se detuvo en seco. Un nudo se formó en su garganta al escuchar el nombre de Sofía. La preocupación empezó a recorrer su cuerpo.

—¿Qué quieres decir con «está mal»? —preguntó, el miedo comenzando a infiltrarse en su voz.

—Está sufriendo. Y no lo está diciendo, pero yo lo sé. Lo está pasando muy mal con Daniel. —La voz de Marta tembló un poco, y Marcos pudo percibir la angustia en ella—. Ha cambiado. Ya no es la misma Sofía que conocías. Está atrapada, Marcos. Y sé que no quiere salir de ahí, porque lo quiere, pero…

Marcos sintió como si su corazón se detuviera en ese mismo instante. La idea de que Sofía quisiera a alguien que no fuera él comenzó a devorarlo por dentro. La angustia lo invadió, pero no podía hacer nada. Después de tres años, ella había seguido adelante, había hecho su vida. O, al menos, eso pensaba él.

—¿Y qué hago yo si lo quiere, Marta? No puedo hacer nada.—

—Marcos, él le pega.

En ese instante, la furia, el miedo y la desesperación de Marcos brotaron con una intensidad que jamás había experimentado.

—¿Ese hijo de puta le pega?

—Sí, Marcos, le pega. Y le hace chantaje. Por favor, ayúdala. Sácala de ahí.

—Yo la quiero. Es más, la amo. La he amado y la amaré siempre. Haré lo que pueda. Gracias por avisarme.

Con el pulso acelerado y el rostro marcado por la ira, Marcos cogió su teléfono y escribió un mensaje a Sofía.

—Nos vemos a las 8 en la vieja pista de hielo. Sofía, no me falles.

Sofía acababa de salir de la ducha; el vapor aún envolvía el baño. Daniel se encontraba visitando a su abuela, y ese era el único momento del día en el que podía estar tranquila. El sonido de su teléfono rompiendo el silencio de la habitación la sacó de sus pensamientos.

Al cogerlo, vio que era un mensaje de Marcos y un estremecimiento recorrió su cuerpo. Se sorprendió al ver su nombre en la pantalla. Habían pasado meses desde la última vez que tuvo noticias de él y un sinfín de emociones la invadió al instante. ¿Qué quería ahora? ¿Por qué le volvía a escribir después de tanto tiempo?

El mensaje parecía urgente, pero, al mismo tiempo, la dejaba con una sensación de incertidumbre. La vieja pista de hielo… ese lugar donde tantas veces habían estado juntos, donde todo parecía más sencillo, más real.

Sofía sintió cómo el nudo en su estómago se apretaba. Pensó en Daniel, en lo que él pensaría si supiera lo que estaba a punto de hacer, pero la llamada de la memoria, de los momentos compartidos con Marcos, la invadió con una fuerza que no podía controlar.

Sofía miró el mensaje una y otra vez, el texto grabado en su mente como si fuera un latido acelerado. La vieja pista de hielo… tantas memorias allí. La pista que había sido testigo de sus risas, de sus lágrimas, de momentos que nunca se borrarían por completo. Pero, ¿por qué ahora? Después de tanto tiempo, después de haber pasado por todo lo que había pasado… ¿por qué quería verla ahora?

Sus manos temblaron un poco mientras sostenía el teléfono, y un torrente de pensamientos la invadió. Daniel. La imagen de su novio, tan presente en su vida, la hizo vacilar. Él nunca lo entendería. No si ella no le contaba lo que realmente había sucedido entre ella y Marcos. No si le hablaba de los momentos compartidos, de los recuerdos que se mantenían vivos en su pecho, de la conexión que aún sentía a pesar del tiempo.

La decisión se presentaba clara, pero, a la vez, un miedo profundo se apoderó de ella.

«No puedo ir. Ya no puedo volver a ese lugar», pensó Sofía, pero algo dentro de ella le insistió en no dejar de pensar. Algo de la urgencia en el mensaje de Marcos, algo de la familiaridad de ese lugar, la llamaba. Y aunque había estado cansada de los recuerdos, de todo lo que representaba su relación con él, no podía ignorar que una parte de ella siempre lo había llevado dentro.

«Nos vemos a las 8», había dicho. Esa hora marcó un punto crucial en su cabeza, como si el tiempo fuera a detenerse al atravesar ese umbral una vez más. El reloj de la pared marcaba las 5:30.

—Sofía, ¿todo bien? —La voz de Daniel sonó desde el pasillo. Ella rápidamente guardó el teléfono, como si hubiera hecho algo mal, aunque sabía que no era así. Al menos no en el fondo.

—Sí, todo bien. Solo… pensaba en algunas cosas. —Su voz tembló levemente. No estaba segura de qué diría si él le preguntaba más. Aun así, no podía negar que la tentación de encontrar respuestas la arrastraba. No solo por ella, sino por él. Por lo que sucedió, por lo que podía pasar si no cerraba ese capítulo de su vida.

Daniel apareció en la puerta del baño, con una sonrisa en el rostro, pero ella vio algo más en sus ojos: una preocupación oculta.

—Te noto rara, Sofía. ¿Estás segura de que todo está bien?

Sofía asintió con fuerza, forzando una sonrisa. Él no podía comprender lo que sentía, lo que había perdido, lo que había vivido.

—Sí, estoy bien. Solo necesito un poco de espacio, creo. —Se encogió de hombros, dándole una pequeña disculpa.

Daniel no dijo nada más. Se acercó y le dio un beso en la frente, un gesto lleno de cariño que a Sofía, en ese momento, le pareció algo distante. Como si algo dentro de ella no pudiera corresponderle del todo. Pero lo hizo, sin dudarlo, sin querer investigar en algo que no podía resolver.

—Te esperaré —dijo Daniel, sonriendo, como si no supiera que el mundo de Sofía estaba a punto de dar un giro inesperado.

A medida que Daniel se alejaba para continuar con lo suyo, Sofía se quedó allí, en la habitación, mirando la pantalla de su teléfono nuevamente. El mensaje de Marcos seguía ahí, esperando por una respuesta que ella no sabía si estaba lista para dar.

Finalmente, a las 7:45, Sofía decidió que iría. No había vuelta atrás. Sabía que si no lo hacía, quedaría con una pregunta sin respuesta. Tenía que enfrentarse a ese miedo, a esos recuerdos. No podía dejar que las dudas la consumieran más.

La vieja pista de hielo estaba exactamente como la recordaba. Aunque el tiempo había pasado y el lugar se sentía más solitario, los ecos de su amor seguían presentes, llenando el aire de una melancolía palpable. El frío de la noche le caló los huesos, pero Sofía se obligó a caminar hacia la pista. Su corazón latía rápido; el eco de sus propios pasos era lo único que podía oír.

Pocos minutos después, lo vio.

Y después de mucho tiempo, *Can I be him* comenzó a sonar.

SOFÍA

Lo vi. Lo vi justo en ese mismo lugar donde todo había comenzado, donde todo se había detenido una vez. Esta vez, no tuve que buscar entre la multitud, no tuve que esperar ese milagro que me indicara qué me salvaría la vida. No tuve que equivocarme para darme cuenta de lo que significaba. Lo vi nada más entrar y no solo porque el lugar estuviera vacío y desolado. Estoy segura de que si todo el universo entero estuviera metido allí, mis ojos serían los primeros en buscarlo.

No había nadie. Solo nosotros, el silencio, el amor, la nostalgia, el recuerdo y las ganas de volver a vernos. Era como si el tiempo no hubiera pasado, como si todo hubiera permanecido suspendido, esperando este instante. Nada había cambiado. Seguíamos siendo él y yo.

Ese lugar, ese mismo sitio, ahora estaba marcado por la ausencia, pero en mi corazón todo seguía intacto. Como si nada hubiera alterado lo que una vez compartimos. Miré a Marcos y supe, sin necesidad de palabras, que el destino nos había reunido nuevamente allí, en ese espacio donde nuestros caminos se cruzaron por primera vez. La vieja pista de hielo, testigo de nuestra historia, volvía a ser nuestro refugio.

★★★★★

Sofía comenzó a acercarse lentamente, el sonido de sus pasos sobre la pista de hielo resonando suavemente en el silencio que los rodeaba. No podía evitarlo, su corazón latía con fuerza y la emoción de verlo de nuevo la inundaba. Se detuvo a pocos centímetros de él, mirando esos ojos que nunca había olvidado, como si el tiempo no hubiera pasado. —Lo siento— murmuró Sofía, con la voz quebrada por la tensión y la nostalgia que sentía al estar frente a él después de tanto tiempo.

Marcos la miró, su expresión seria, pero con una suavidad en los ojos que solo ella conocía. No quería escuchar esas palabras, no de ella.

—No, Sofía, no digas nada —dijo con voz firme pero cálida, casi un susurro—. No hace falta que te disculpes. Tú no tuviste la culpa de nada.

La incertidumbre en el aire se disipó con esas palabras. Sofía lo miró, sorprendida, y en ese mismo instante, sin pensar, se lanzó a sus brazos. El abrazo fue como un bálsamo, un refugio en medio de la tormenta. Marcos la rodeó con sus brazos, sintiendo cómo todo su cuerpo se relajaba al tenerla cerca, al saber que, de alguna manera, el tiempo no había borrado lo que compartieron.

—Te he echado tanto de menos —susurró Sofía, cerrando los ojos mientras sentía el calor de su cuerpo junto al suyo.

—Yo también —respondió Marcos, con la voz un poco rasposa—. Demasiado.

Se separaron lentamente, pero no soltaron la mirada. Ninguno de los dos sabía qué decir en ese momento. Había tanto que no podían poner en palabras, tanto que había quedado atrás, pero, aun así, algo seguía allí, entre ellos. El mismo amor, la misma conexión.

—¿Por qué ahora? —preguntó Sofía, sus ojos buscando respuestas en los de él—. Después de todo este tiempo…

Marcos suspiró, mirando hacia el suelo antes de levantar la mirada hacia ella.

—No lo sé, Sofía. Solo sé que no podía seguir adelante sin aclarar esto. Sin saber qué pasó entre nosotros. No sé si aún hay algo… pero necesitaba verte, necesitaba entenderlo.

Ella asintió, su corazón latiendo fuerte al escuchar esas palabras.

—Yo tampoco sé lo que quiero. Pero estar aquí contigo ahora es… No sé, como si todo hubiera vuelto a su lugar.

Marcos la miró profundamente, como si estuviera buscando las palabras correctas, pero lo único que salió de su boca fue:

—Lo siento, Sofía. Si pudiera volver atrás… no cambiaría nada, pero te hubiera amado mejor.

Las palabras de Marcos la golpearon, y un nudo se formó en su garganta.

—No es tu culpa. Nunca lo fue.

Un largo silencio se extendió entre ellos, lleno de todo lo no dicho, de las promesas rotas, de las decisiones que los separaron, pero también de la verdad que siempre hubo entre ellos: amor.

—¿Qué pasa ahora? —preguntó Sofía, con su voz suave, casi temerosa—. ¿Qué hacemos?

Marcos la observó, sintiendo cómo la nostalgia y la tristeza se mezclaban con algo que no podía describir.

—No lo sé. Tal vez, solo tenemos que vivir este momento. No pensar en lo que fue o lo que podría ser. Solo aquí y ahora.

Sofía asintió lentamente, sabiendo que no había respuestas fáciles. Pero, al menos, por un momento, el dolor se aliviaba. Estaban juntos, en este lugar que les había dado tanto, y eso era todo lo que importaba.

—Lo importante es que estamos aquí —dijo ella, y sus ojos brillaban con una mezcla de esperanza y tristeza—. Juntos, aunque solo sea por un rato.

Marcos la miró, tomando una vez más su mano, como si esa fuera la única forma de mantenerla cerca.

—Juntos, aunque solo sea por un rato —repitió, con una sonrisa pequeña pero sincera—. Y ese rato será suficiente.

Marcos seguía mirándola con esa intensidad que siempre había tenido, pero había algo en su mirada que ya no era solo la calidez de los recuerdos compartidos. Había preocupación. Una preocupación que creció cuando la vio, cuando pudo ver los signos de un dolor que no estaba dispuesto a ignorar.

—Sofía, ¿qué está pasando? —Su voz se tornó grave, sus palabras, casi un susurro, pero llenas de esa urgencia que lo dominaba—. Te veo, te siento, pero… algo no está bien. ¿Qué te está pasando? No puedo dejar de pensar en ti después de todo este tiempo, y no voy a quedarme callado si te está pasando algo que no deberías estar soportando.

Sofía desvió la mirada, sintiendo un nudo en el estómago. No estaba preparada para hablar de eso, no quería. El miedo, la vergüenza y la confusión la paralizaban. Sin embargo, no pudo evitar sentir que Marcos merecía saber la verdad.

—No entiendo por qué me miras así, Marcos —dijo con voz quebrada, incapaz de sostener su mirada—. No quiero que pienses que estoy… que estoy permitiendo que me pase algo.

Marcos dio un paso hacia ella, la tomó suavemente de las manos, exigiendo una respuesta que no podía esperar más.

—Sofía, te conozco. No es solo que lo vea en tus ojos, ni lo que me ha hecho pensar el tiempo que hemos pasado lejos. Es el hecho de que no te has permitido ser feliz, de que algo te consume. Y yo… yo sé que no debería haberme alejado, pero ahora me importa más que nunca. Y me mata verte así, con este dolor que sé que no debería ser tuyo.

Sofía tragó saliva, sintiendo cómo las palabras se atoraban en su garganta. Era difícil, lo sabía, pero no podía seguir callando.

—Es Daniel… —Su voz era apenas un susurro, casi como si temiera que esas palabras pudieran destruir lo poco que quedaba de su vida—. Él… él me ha estado pegando, Marcos. Y lo peor es que yo… yo se lo he permitido.

Marcos no pudo evitar que un escalofrío recorriera su espalda al escuchar esas palabras. El dolor en su pecho era insoportable. La rabia comenzó a subir, como un torrente imparable.

—¿Qué? ¿Lo permitiste? —Su voz salió más dura de lo que quería, pero la furia que sentía lo consumía por dentro—. ¿Cómo has podido permitir que ese hijo de puta te tocara, Sofía?

Sofía, al escuchar la ira en sus palabras, sintió cómo un peso le caía sobre el pecho. Era la primera vez que alguien reaccionaba así, con esa intensidad, con esa preocupación. Pero, por alguna razón, no podía dejar de sentirse culpable. Como si de alguna forma lo hubiera permitido. Como si fuera su responsabilidad.

—Yo… yo no sé cómo pasó, Marcos —dijo entre sollozos, dejando escapar el dolor que había guardado tanto tiempo—. Empezó con pequeñas discusiones, con palabras. Y luego, poco a poco, las cosas cambiaron. Cuando me di cuenta, ya era demasiado tarde. Ya había dejado que las palabras se convirtieran en golpes y… y no supe cómo salir.

Marcos la miró, desbordado por la ira, pero también por un profundo dolor que lo atravesó al ver el sufrimiento que Sofía había estado soportando en silencio. La abrazó con fuerza, como si de alguna manera quisiera protegerla de todo lo que había vivido.

—No tienes que soportarlo, Sofía. Nadie tiene el derecho de hacerte eso. Nadie —dijo con voz quebrada, mientras sus manos recorrían su espalda, dándole consuelo, como si fuera lo único que podía hacer para aliviar su dolor—. No me importa lo que haya pasado, lo que has hecho o lo que hayas permitido. Lo único que me importa es que lo dejes atrás, que te alejes de él. Y yo te voy a ayudar, te lo prometo. No vas a estar sola.

20

Sofía, entre sollozos, se aferró a él, buscando consuelo en sus brazos. Por primera vez en mucho tiempo, sentía que podía respirar, que no estaba atrapada. Marcos no la culpaba, no la juzgaba, sino que le ofrecía una salida, una oportunidad de ser libre de esa pesadilla.

—Te lo juro, Sofía —dijo Marcos, apartando un mechón de su cara—. Yo no voy a dejar que te hagas daño. Te voy a sacar de ahí, cueste lo que cueste.

Ella asintió, llorando con más fuerza.

—Lo siento, Marcos. Lo siento tanto. No quiero que pienses que te fallé.

Marcos la miró fijamente, secándole las lágrimas con las yemas de los dedos, su expresión seria pero llena de amor.

—No me fallaste, Sofía. No me fallaste. Él te falló, no tú. Y ahora, yo voy a estar aquí para ti. No vas a tener que pasar por esto nunca más.

Se quedaron en silencio por un momento, las palabras ya no eran necesarias. Los dos sabían que había mucho por sanar, mucho por reconstruir, pero algo había cambiado en ese instante. Sofía ya no estaba sola en su dolor. Marcos estaba allí, dispuesto a luchar por ella, dispuesto a sacar el sufrimiento de su vida.

Sofía, aún abrazada a Marcos, se separó ligeramente de él para mirarlo a los ojos. Sus lágrimas ya no caían con la misma intensidad, pero el dolor seguía ahí, palpitante, como un eco lejano. Había algo que necesitaba saber, algo que había estado guardando en su corazón durante tanto tiempo.

—Marcos… —dijo, su voz suave, casi temerosa—. ¿Qué ha sido de ti? ¿Qué pasó después de ese día en el lago? ¿Cómo llegaste hasta aquí?

Marcos la miró durante un largo rato, como si estuviera buscando las palabras adecuadas. Sabía que tenía mucho que contar, pero no quería que esa conversación se volviera una historia de sufrimiento. Quería que Sofía viera en él a alguien que, a pesar de todo lo que había vivido, había encontrado una manera de seguir adelante.

Suspiró y se acomodó un poco más, buscando en su mente el tiempo perdido.

—Después de aquel día… todo cambió para mí. El golpe de perderte, el hecho de no saber qué pasó ni por qué… me destrozó. Pero también me hizo darme cuenta de que no podía seguir atrapado en la oscuridad. Necesitaba salir de todo eso. Así que me enfoqué en lo que siempre quise hacer: me metí de lleno en mis estudios.

Sofía lo observaba atentamente, sorprendida por la calma con la que hablaba. Era como si todo ese dolor que él había pasado se hubiera transformado en algo más, en una lección de vida que lo había hecho más fuerte.

—Terminé mi carrera. Lo que parecía imposible se volvió real —continuó Marcos, con una pequeña sonrisa que le daba un toque de serenidad—. Y ahora trabajo en una empresa muy importante. Es conocida, de esas que mucha gente envidiaría. Logré dejar atrás los problemas, las deudas, la confusión que me mantenía atrapado en el pasado.

Sofía se quedó en silencio, escuchando sus palabras con atención. Estaba orgullosa de él, de cómo había logrado superar tantas dificultades. Pero, al mismo tiempo, sentía una punzada en el corazón. Todo había cambiado tanto, y ella… ella aún estaba atrapada en su propio caos.

—Me alegra mucho escucharlo, Marcos —dijo finalmente, su voz llena de un suspiro aliviado—. Me alegra que hayas encontrado tu camino, que hayas dejado todo eso atrás. Te lo mereces.

Marcos la miró intensamente, con una mirada que llevaba consigo toda la tristeza de los años que estuvieron separados.

—Y tú, Sofía —respondió, su tono suave pero firme—, te mereces lo mismo. Un futuro en el que seas feliz, en el que dejes atrás todo este sufrimiento. No sé cómo pude haberte dejado ir, pero lo que sé ahora es que no quiero que sigas en esta oscuridad. No quiero que vivas así, atrapada en algo que te está destruyendo.

Sofía cerró los ojos, procesando sus palabras. El tiempo había pasado, las circunstancias habían cambiado, pero algo seguía igual: el amor que sentían el uno por el otro seguía siendo tan fuerte como antes. Sin embargo, el miedo a lo que había sucedido, a lo que podía pasar, la hacía retroceder.

—Yo… yo no sé qué hacer, Marcos. Siento que mi vida está tan rota que no puedo encontrar un camino hacia adelante. Te he perdido y ahora veo todo lo que ha pasado, todo lo que no pude cambiar. —Sus palabras salieron entrecortadas, llenas de culpa y frustración.

Marcos la tomó de las manos nuevamente, mirándola con determinación.

—No has perdido nada, Sofía. Lo que pasó no tiene que definirte. Lo importante es lo que hagas ahora. Lo que elijas hacer con el resto de tu vida. Y yo… yo quiero ser parte de esa vida, si tú me dejas.

El silencio se extendió entre ellos, cargado de todo lo que no se habían dicho, de todo lo que podría ser. Sofía sintió que la esperanza comenzaba a florecer de nuevo en su corazón. Quizás, solo quizás, podría dejar atrás la oscuridad y avanzar hacia algo mejor.

—Pero aún no sé cómo hacerlo —murmuró, casi en un susurro—. No sé cómo salir de todo esto, Marcos. Estoy perdida.

Marcos la miró, con una pequeña sonrisa que, aunque triste, llevaba consigo la promesa de que no estaría sola.

—No estás sola, Sofía. Yo estoy aquí. Y aunque no tenga todas las respuestas, no voy a dejar que enfrentes esto sola. Juntos, encontraremos el camino.

Marcos la miró con una sonrisa nostálgica mientras ella se acercaba a él. Un silencio cómodo se instaló entre ellos, solo roto por el sonido del hielo crujir bajo sus pies. La tranquilidad era extraña, casi irreal, después de todo lo que había pasado, pero en ese momento, no importaba. Era como si el tiempo se hubiera detenido, como si todo lo malo se hubiera desvanecido. Solo quedaban ellos, el hielo y el suave resplandor de la luna que se filtraba a través de las ventanas rotas.

Sofía suspiró, mirando a Marcos a los ojos con una calma que no sentía desde hacía años.

—Me das paz, Marcos —dijo con suavidad, casi como si hablara en un susurro, como si no quisiera romper la serenidad del momento.

Marcos sonrió y se acercó un poco más, mirando el hielo bajo sus pies, como si no pudiera creer que estuvieran ahí, de nuevo, después de tanto tiempo.

—A mí también, Sofía. No me imaginaba que esto fuera a ser así.

Sofía levantó una ceja, intrigada.

—¿Esto?

Marcos se encogió de hombros, con una sonrisa pícara, señalando hacia el lugar que los rodeaba.

—Sí. La vez que nos volveríamos a ver… pensaba que todo sería diferente… pero aquí estamos.

Sofía rio suavemente, la sonrisa por fin asomando en sus labios. Era la primera vez en años que sentía que las cosas, de alguna manera, podían volver a ser como antes.

—Hagámoslo mejor —dijo ella, señalando hacia las viejas taquillas a un costado de la pista—. Mira, el suelo resbala un poco y allí —señaló la vieja taquilla— parece que aún hay algunos patines. Con suerte, tenemos de nuestra talla.

Marcos la miró, divertido.

—Si no vamos, no lo sabremos.

Sofía caminó hacia las taquillas, sonriendo como una niña, por fin dejando ir las sombras que habían marcado su vida durante tanto tiempo. No le importaba nada más que ese momento, ese reencuentro en el mismo lugar donde todo comenzó. No importaba el pasado, no importaba el tiempo que había pasado desde su última vez juntos.

Marcos la siguió, curioseando entre los patines que quedaban.

—El 38, ¿verdad? —preguntó, mientras buscaba un par adecuado.

Sofía asintió sin dejar de sonreír.

—Sí, no he crecido más en estos años.

Marcos la miró con una risa juguetona, su tono de voz lleno de complicidad.

—Ya veo, ya… —dijo, mientras le pasaba los patines.

—Oye, no te pases, que no soy tan baja.

Sofía lo miró, haciéndose la ofendida, pero sin poder ocultar la sonrisa.

—Bueno, eso es lo que tú dices. Yo te veo baja.

Marcos soltó una pequeña carcajada, disfrutando del momento.

—Joder, pues ya está, si me ves baja —respondió Sofía, fingiendo estar molesta, pero con la broma intacta.

Marcos la miró fijamente, su sonrisa desapareciendo lentamente, reemplazada por una mirada suave y sincera.

—Te veo perfecta, Sofía —dijo, mientras le entregaba los patines con cariño—. Te veo como siempre. Te veo con los mismos ojos con los que me enamoré y esos mismos ojos siguen enamorados.

El aire pareció volverse denso por un momento. Sofía sintió un nudo en el estómago, su corazón se aceleró ante esas palabras que había esperado escuchar durante tanto tiempo. Sentía que todo lo que había pasado en su vida no importaba, que nada podría separarlos si eso es lo que los dos querían.

Marcos la miró con intensidad, como si cada palabra fuera la última que podía decirle.

—Sé que no es justo que te diga esto ahora, que no es el momento, pero no te he podido olvidar, Sofía. Mejor dicho, no he querido.

Sofía se quedó quieta, sus ojos fijos en él, mientras las palabras de Marcos comenzaban a calar hondo en su pecho. Recordó el último día que se vieron, ese día que parecía haberlo cambiado todo.

—Confío en que la vida nos juntará si tiene que ser así —dijo Sofía, repitiendo sus palabras del pasado, esas que habían quedado grabadas en su memoria.

Marcos sonrió suavemente, su mirada perdida en el hielo bajo sus pies, como si reviviera ese último encuentro, el día en que todo terminó.

—Me lo dijiste el último día que nos vimos… El 8 de abril —dijo Marcos, con un susurro melancólico.

Sofía asintió lentamente, sus ojos brillando con una mezcla de nostalgia y esperanza. Ese día había sido el último de un capítulo cerrado, pero, en ese momento, sentía que la historia no había terminado. Quizás ahora, después de tanto tiempo, podían escribir juntos un nuevo capítulo.

El silencio entre ellos era profundo, lleno de todo lo no dicho, de todo lo que habían vivido, pero también de todo lo que aún podían vivir.

Sofía levantó la vista y le sonrió con dulzura, como si el futuro estuviera a sus pies. Tal vez, por fin, después de tantos años de sufrimiento, el destino les estaba dando otra oportunidad para escribir su historia.

—La vida nos ha reunido de nuevo, Marcos —dijo, con una sonrisa sincera, y sus ojos brillando por la emoción de tenerlo frente a ella otra vez.

Marcos le devolvió la sonrisa, con unos ojos llenos de cariño y esperanza.

—Sí, Sofía. Y esta vez no voy a dejarte ir.

Sofía se sobresaltó ligeramente, mirando el teléfono que vibraba sobre el suelo. Un mensaje de Daniel. Lo miró por un segundo, sin saber si debía abrirlo o ignorarlo, sintiendo la presión del instante. Por un lado, sentía que su vida con Daniel ya no era lo que parecía ser, pero por otro, sentía que no debía dejarlo todo atrás tan rápido. Con una mano temblorosa, cogió el teléfono y miró la pantalla.

Daniel: *¿Dónde estás? Te estoy esperando en casa. Ya sabes que no me gusta que salgas sola.*

Sofía sintió una punzada en el pecho al leerlo. La ansiedad le recorrió todo el cuerpo. Había estado tan absorta en el reencuentro con Marcos que se olvidó del mundo exterior, del control que Daniel aún parecía tener sobre ella.

Las palabras de Marcos resonaban en su mente: «Sé que no es justo que te diga esto ahora, pero no te he podido olvidar…».

Mientras leía el mensaje de Daniel, la contradicción se intensificó. ¿Cómo podía estar tan cerca de Marcos, sintiendo lo que sentía, y a la vez sentir que todo se rompía con Daniel?

Marcos observó el cambio en su rostro, notando la preocupación que se reflejaba en sus ojos. Su expresión se endureció ligeramente, y un leve roce de celos le recorrió el cuerpo al ver la interacción de Sofía con el teléfono. Sin quererlo, las sombras del pasado volvieron a su mente. Sabía que Daniel aún formaba parte de la vida de Sofía, aunque ella no lo admitiera abiertamente.

—Sofía… —dijo, su voz grave, marcando una pausa. Ella levantó la vista, como si tratara de encontrar una respuesta en él.

Sofía suspiró, cerrando los ojos por un momento. Estaba atrapada entre lo que sentía por Marcos y lo que aún quedaba de su relación con Daniel. No quería pensar en eso ahora, pero no podía evitarlo.

—Es… Daniel —dijo, apretando los labios, como si las palabras fueran difíciles de pronunciar—. Me está esperando en casa. Ya sabes… no le gusta que salga sola.

Sofía guardó el teléfono en su bolsillo y respiró hondo, dejando que el silencio entre ella y Marcos se volviera cómplice de un cambio inminente. El eco del mensaje de Daniel aún daba vueltas en su mente, pero sus ojos se encontraban fijos en los de Marcos, buscando respuestas, consuelo y quizás una nueva dirección.

—No sé si tengo la fuerza para hacerlo —confesó Sofía en voz baja mientras sus manos temblorosas se aferraban a la tela de su sudadera.

Su mirada se desvió momentáneamente hacia la pista de hielo, donde las sombras y los recuerdos parecían mezclarse con la frialdad del lugar.

Marcos, con la ternura que siempre le había caracterizado, se acercó y le tomó las manos suavemente.

21

—Sofía, yo sé que no es fácil. Pero cada día que pasas sintiéndote atrapada, te alejas más de la felicidad que mereces. Yo he visto en tus ojos ese miedo y esa incertidumbre. Pero también veo una luz que nunca se apagó y que aún puede iluminar tu camino.

Ella dejó escapar un pequeño suspiro, y por un instante, la fragilidad de su voz se mezcló con la determinación que emergía en el ambiente.

—Siempre he pensado que debía ser fuerte por mí misma —dijo, mirando hacia el suelo—. Pero, a veces, esa fortaleza se disfraza de miedo y de resignación. Y, Marcos, no quiero seguir viviendo en esa prisión de la que Daniel me encierra poco a poco.

La confesión flotó en el aire, cargada de sentimientos largamente reprimidos. Marcos la abrazó con más fuerza, como si con ese gesto pudiera protegerla de los fantasmas del pasado, pero sobre todo de los del futuro.

—Mírame, Sofía —dijo con voz apacible, pero firme—. Tienes tanto que dar… y yo quiero estar a tu lado para recordarte lo maravillosa que eres. No se trata solo de dejar atrás a alguien que te hace daño; se trata de volver a encontrarte con quién eres realmente, sin miedos ni ataduras.

Sofía asintió y, por un instante, las lágrimas comenzaron a rodar por sus mejillas, mezclándose con la esperanza de un nuevo comienzo. La vieja pista de hielo, testigo silenciosa de tantos recuerdos, parecía susurrar que el cambio era posible, que cada paso, aunque doloroso, la acercaba a la libertad.

—¿Sabes? —continuó Marcos, tomando aire—. Desde el día en que nos vimos en el lago, supe que algo dentro de mí no había dejado de esperarte. He vivido sin ti, pero cada experiencia, cada risa y cada lágrima, me han recordado que eres parte de mi historia. Y ahora, aquí, siento que esa historia puede reescribirse.

El ambiente se impregnó de una mezcla de nostalgia y determinación. La brisa helada jugaba con el pelo de Sofía, y la luz de la luna dibujaba sombras en el hielo, como si pintara un cuadro de posibilidades.

Ella levantó la mirada, encontrando en Marcos esa mirada sincera que le prometía un futuro sin cadenas.

—Marcos, siempre he temido que la oscuridad que viví con Daniel se apoderara de mí para siempre —dijo, su voz temblaba ligeramente—. Pero ahora, al mirarte, siento que quizá, por primera vez en años, puedo imaginar algo diferente. Puedo imaginar que hay un camino sin miedo, sin ese peso que me ahoga.

Marcos sonrió, y sus ojos se iluminaron con una mezcla de alivio y determinación.

—Entonces, déjame ayudarte a encontrar ese camino, Sofía. No tienes que caminar sola. Yo estaré aquí para recordarte cada día lo que vales y lo que mereces. Quiero que vuelvas a ver el mundo con esa fuerza que siempre te ha caracterizado, la misma que yo vi cuando me enamoré de ti.

En ese instante, el eco del mensaje de Daniel parecía lejanamente insignificante frente a la realidad palpable de lo que estaban viviendo. El pasado, con sus sombras y sus heridas, quedaba atrás, como un capítulo que ya no definiría su futuro.

Sofía se inclinó hacia Marcos y, con voz entrecortada pero cargada de convicción, susurró:

—Voy a intentarlo. Voy a intentarlo por mí, por nosotros. Quiero dejar atrás esa vida de miedo, de culpa. Quiero volver a sentirme libre, y sé que tú me puedes ayudar a encontrar ese camino.

Marcos le dio un abrazo que lo decía todo, sin necesidad de más palabras. El hielo bajo sus pies parecía brillar con una luz renovada, como si el mismo universo conspirara a favor de su renacer. La pista de hielo, testigo de encuentros y despedidas, ahora se transformaba en el escenario de un nuevo comienzo.

Mientras se mantenían abrazados, el sonido lejano de una canción se filtró en el ambiente, como un susurro que invitaba a olvidar el pasado y a soñar con un futuro mejor. Las notas musicales se mezclaban con el crujir del hielo y el latido acelerado de dos corazones dispuestos a renacer.

—Sofía —dijo Marcos, separándose ligeramente para mirarla a los ojos—, ¿me prometes que intentarás liberarte de lo que te hace daño?, que, aunque el camino sea incierto, ¿darás el primer paso hacia esa libertad?

Sofía asintió, sus ojos reflejando la decisión que estaba tomando, la luz de una esperanza que había estado oculta por demasiado tiempo.

—Lo prometo, Marcos. Hoy, aquí, elijo un nuevo comienzo. Elijo vivir sin miedo, sin culpas y, sobre todo, elijo ser feliz.

Marcos sonrió y, en ese instante, supo que, aunque el camino fuera difícil, juntos podrían encontrar la forma de sanar las heridas y construir algo nuevo. La noche se hizo cómplice de su reencuentro, y el frío ya no era un enemigo, sino una brisa que anunciaba el cambio.

Sofía y Marcos salieron de la pista de hielo en silencio, caminando uno junto al otro. La ciudad dormía bajo el resplandor de la luna, y el aire frío parecía menos cruel de lo habitual. Marcos la acompañó hasta el principio de la calle.

—¿Lista? —preguntó.

Sofía asintió. Antes de entrar al portal, se giró una última vez hacia Marcos. No hicieron falta palabras; la promesa flotaba en el aire entre ellos. Él le sonrió con ternura, como si con ese gesto quisiera recordarle que no estaba sola. Entró en casa y la pista de hielo quedó atrás, junto con un pasado que Sofía estaba decidida a transformar.

Una semana después

El sol de la mañana se filtraba a través de las cortinas de la pequeña cafetería en la que Sofía había acordado encontrarse con Marcos. El aroma del café recién hecho llenaba el aire, y las conversaciones a su alrededor creaban un murmullo acogedor.

Sofía llegó unos minutos antes, buscando un rincón discreto. Se veía diferente: su postura era más erguida, sus ojos menos nublados. La semana había sido un torbellino de emociones, pero, por primera vez en mucho tiempo, sentía que tenía el control.

Cuando Marcos entró, su sonrisa fue instantánea. Se acercó a la mesa y, antes de sentarse, la miró con genuina curiosidad.

—Te ves… distinta.

—Me siento distinta —respondió Sofía, envolviendo con ambas manos la taza de café—. No ha sido fácil, pero he pensado mucho en todo lo que hablamos. Y he tomado una decisión.

Marcos esperó en silencio.

—Voy a dejar a Daniel —dijo Sofía con firmeza—. Ya no quiero seguir viviendo en una historia que no me pertenece.

El alivio en el rostro de Marcos fue evidente.

—¿Estás segura?

—Más que nunca.

El café seguía humeando entre ellos, pero el verdadero calor provenía de algo mucho más profundo: la certeza de que Sofía estaba lista para tomar las riendas de su vida.

Marcos tomó su mano sobre la mesa, con delicadeza.

—Entonces, estoy aquí. Para lo que necesites.

Sofía sonrió. No era solo por él, ni por el pasado que compartían. Era por ella. Por el futuro que, por primera vez, se atrevía a imaginar.

Sofía se despidió de Marcos y caminó en silencio hacia su casa. Su mente estaba llena de pensamientos, emociones que la abrumaban. Al llegar, lo primero que vio fue a Daniel tumbado en el sofá, con la televisión encendida. Respiró hondo. Era el momento. Llevaba demasiado tiempo queriendo hacerlo, pero siempre encontraba un motivo para posponerlo. No más.

—Oye, Daniel, ¿podemos hablar? —Su voz sonó firme, aunque en su interior temblaba.

Él bajó el volumen de la televisión y se incorporó lentamente, clavando su mirada en ella.

—Sí, claro, dime, ¿qué pasa?

Sofía desvió la mirada por un instante. No era fácil.

—No sé cómo explicarte esto para que lo entiendas…

Daniel frunció el ceño.

—¿Pasa algo, cariño? Sabes que te quiero mucho.

Ella sintió un nudo en la garganta. No quería escuchar esas palabras ahora. Ya no significaban nada para ella.

—No es lo que pasa… Es que no quiero seguir con esta relación.

Un silencio sepulcral inundó la habitación. Daniel entrecerró los ojos y esbozó una sonrisa irónica.

—¿Y en qué momento importa aquí lo que tú quieras o dejes de querer? —dijo con una frialdad aterradora—. No me vas a dejar.

Sofía retrocedió un paso.

—Daniel, yo no estoy…

—¡Que tú no me dejas! —gritó él, lanzando con furia una lámpara contra el suelo.

El estruendo hizo que Sofía se sobresaltara. Sus manos comenzaron a temblar.

—Por favor, déjame… por favor, vete —suplicó, con la voz quebrada.

Daniel se acercó lentamente, sus ojos encendidos por la rabia.

—Es por él, ¿verdad? Por ese chico del que te enamoraste… o, más bien, el que pensaste que ibas a salvar.

Sofía negó con la cabeza, pero las palabras no salían de su boca.

—¡Daniel, por favor, vete! —repitió con desesperación.

Pero en lugar de alejarse, él la agarró del cuello con fuerza, empujándola contra la pared. Sus ojos se volvieron oscuros, su mandíbula se tensó y, con una risa escalofriante, le susurró al oído:

—Si no eres mía, no eres de nadie.

Sofía intentó liberarse, pero la presión sobre su garganta aumentaba. Las lágrimas caían sin control, sintiendo que el aire le faltaba. Justo en ese instante, el sonido del timbre rompió la tensión.

Daniel la miró con desconfianza y, antes de soltarla, volvió a susurrarle al oído:

—Si dices algo, te mataré de la peor manera que puedas imaginar. Ahora, mientras vuelvo, dale una vueltecita y luego me la cuentas.

Soltó una carcajada siniestra antes de dirigirse a la puerta.

Apenas tuvo tiempo de reaccionar cuando una voz llena de furia retumbó en la casa.

—¡Sofía! ¿Dónde estás?

El corazón de Sofía se aceleró. Reconocería esa voz en cualquier parte.

—¿Dónde está, hijo de puta? ¿Dónde está?

SOFÍA

Y en uno de los momentos más complicados de mi vida, ahí estaba él para sacarme, para salvarme la vida una vez más. Solo recuerdo que entró preguntando por mí, luego escuché un golpe muy fuerte y varios más; supuse que era una pelea. Solo recuerdo levantarme a su lado, con su mano sobre la mía y la paz y tranquilidad que desprendía cuando estaba cerca de mí. Al abrir los ojos, lo primero que vi fueron los suyos, que después de tanto tiempo me miraban igual, me entendían mejor y me demostraban lo que realmente valía. Ahí estaban, los mismos ojos brillantes que vi el primer día que nos conocimos, ahora sin capucha y conociéndolos mejor que a los míos. El amor de mi vida estaba sentado al lado mío y ni el tiempo, ni la situación, y mucho menos nadie nos pudo separar, porque cuando dos almas están destinadas, tarde o temprano se vuelven a encontrar. Porque yo, Marcos, te quise y te quiero con el alma, y el alma nunca se muere.

★★★★★

—Sofía, ¿estás despierta? —dijo Marcos con un suspiro, su voz suave, pero con un claro descanso, como si finalmente pudiera relajarse tras una larga espera.

Sofía parpadeó lentamente, sintiendo la pesadez en su cabeza.

La luz del hospital era intensa, pero, aun así, intentó enfocar la mirada. Su voz, aunque débil, salió sin esfuerzo.

—Sí… ¿qué ha pasado? ¿Me he desmayado? —preguntó, todavía algo aturdida, intentando recordar lo que había sucedido antes de caer en la oscuridad.

Marcos la miró con una mezcla de preocupación y alivio. Su rostro mostraba el cansancio de la situación, pero también la firmeza de saber que había hecho lo correcto.

—Sí, Sofía… —respondió, su mirada era seria—. No pude detenerlo de otra manera. Sé que te dije que me alejara de todo esto, que no me metiera en tus problemas, pero… no pude quedarme de brazos cruzados. No pude dejar que te siguiera haciendo daño.

Sofía lo observó, con sus ojos llenos de comprensión, de un entendimiento profundo que solo ellos compartían. Ella asintió levemente y, aunque aún sentía el peso de todo lo vivido, su voz salió tranquila.

—No te preocupes, Marcos. Sé que lo hiciste para salvarme. Y sé que tú sí que has cambiado.

Su mirada fue directa, segura, como si por fin, después de tanto tiempo, pudiera confiar plenamente en él, sin reservas.

Las palabras de Sofía calaron hondo en Marcos. Un alivio inexplicable le recorrió el pecho, pero también un dolor. No había querido que las cosas llegaran a este punto, no quería que ella pasara por todo eso, pero a veces las decisiones no podían esperar.

—Lo atraparán, Sofía. Lo van a coger y le pondrán una orden de alejamiento. Todo ha terminado.

Se acercó más a ella, sus manos temblorosas, pero suaves, tomaron su rostro con ternura. Rozó con su pulgar la suave piel de su mejilla, como si al hacerlo quisiera borrar el sufrimiento de su vida.

Sofía cerró los ojos un momento, dejando que su contacto la calmara. Y cuando los abrió de nuevo, fue como si un peso se hubiera levantado, como si la niebla que la rodeaba comenzara a disiparse lentamente.

—Gracias, Marcos —susurró, su voz cargada de gratitud y un cariño que había estado guardado por años. Pero lo que realmente los unió en ese instante no fueron solo las palabras, sino la conexión que seguía siendo tan fuerte como el primer día.

Ambos se miraron profundamente. Fue en ese momento, sin necesidad de más explicaciones, cuando sus corazones se sincronizaron nuevamente, como si el tiempo no hubiera pasado.

Unos segundos después, sin pensarlo, sus labios se encontraron en un beso. Un beso que llevaba guardado cinco años, un beso lleno de promesas rotas, de años perdidos, pero también de amor, de esperanza, de un futuro que podía empezar ahora.

El beso no fue apresurado ni ansioso, sino tranquilo, como si todo lo vivido los hubiera llevado a este preciso momento. Un beso que selló el regreso de algo que nunca se había ido por completo, aunque el tiempo lo intentara.

22

—¡Marta, por favor, deja de echarte fotos y corre a que te maquillen! ¡No nos va a dar tiempo! —exclamó Sofía, nerviosa.

Marta suspiró y le dedicó una mirada tranquila.

—Sofía, por favor, relájate. La ceremonia es dentro de tres horas, hay tiempo de sobra.

—¡Chicas! ¿Qué os parece este? —interrumpió Clara, sosteniendo el décimo vestido que se había comprado, aún indecisa sobre cuál ponerse a tan solo tres horas de la boda.

Marta soltó una carcajada mientras tomaba un aperitivo de la mesa.

—Quién nos lo hubiera dicho, ¿eh, Sofía?

Sofía sonrió con complicidad.

—Oye, que yo siempre lo supe. Sabía que me iba a casar —respondió con tono burlón.

Clara negó con la cabeza, divertida.

—¡Por Dios, Sofía, no digas tonterías! Si después de tu primer «desamor» en quinto de primaria dijiste que odiabas a los hombres y que nunca te casarías —dijo riéndose.

—Eso es verdad —añadió Marta, llevándose otro aperitivo a la boca.

Sofía puso los ojos en blanco y sacudió la cabeza.

—Anda, dejad las tonterías. Clara, ponte el vestido que más te guste. Y tú, Marta, cariño, deja ya de comer y ve a que te maquillen.

En ese momento, Marta dejó su broma de lado y, con un tono más serio, le dijo:

—Estamos muy orgullosas de ti, Sofía.

Clara asintió y añadió con emoción en la voz:

—De verdad. En la mujer en la que te has convertido, en cómo has luchado por tus sueños y, sobre todo, por la persona a la que amas. Estamos más que orgullosas y te queremos muchísimo. Nunca lo olvides.

Los ojos de Sofía se llenaron de lágrimas de emoción.

—Ay, venid aquí —dijo con la voz entrecortada antes de fundirse en un abrazo con ellas.

Después de unos segundos, Marta se separó y sonrió.

—Vamos, Sofía, es tu turno. Maquillaje y después, el vestido. ¡Vamos!

MARCOS

Y entonces la vi.

El murmullo de los invitados desapareció, el sonido de la música se volvió un eco lejano y, por un instante, el mundo entero dejó de existir. Solo estaba ella.

Sofía avanzaba lentamente por el pasillo, vestida de blanco, con un vestido enorme, como el universo, que la hacía parecer una princesa de cuento. Su velo, largo y delicado, flotaba tras ella con cada paso y en sus manos sostenía un ramo de rosas rojas tan grande como la intensidad con la que latía mi corazón en ese momento.

Y fue como volver al principio.

Como aquella primera vez que la vi entrar en la pista de hielo.

Recuerdo cómo se deslizó con aquella misma elegancia, con la misma luz rodeándola, como si el mundo entero estuviera hecho solo para ella. Recuerdo cómo me quedé inmóvil, cómo mis ojos se quedaron atrapados en los suyos sin poder apartarse, sintiendo que algo en mi interior cambiaba sin remedio.

Y ahora, años después, la sensación era la misma.

Porque cuando nuestros ojos se encontraron, todo cobró sentido.

Vi en ellos la misma magia que aquel día, la misma intensidad, pero ahora cargada de historias, de cicatrices, de promesas cumplidas y de un amor que había desafiado al tiempo. Vi a la mujer que siempre había sido mi destino, la que había iluminado incluso mis noches más oscuras, la que, sin saberlo, había sido mi hogar desde aquel primer instante en el hielo.

Sentí cómo mi pecho se encogía, cómo mi alma temblaba al darme cuenta de lo afortunado que era. Porque ella no solo era el amor de mi vida, era mi certeza, mi salvación, mi todo.

Y cuando llegó hasta mí, cuando estuvo lo suficientemente cerca como para oler el perfume de sus rosas y perderme en la profundidad de su mirada, supe que no había nada en este mundo que pudiera separarnos.

Porque el amor verdadero no entiende de tiempos ni de distancias. Porque ella era mi alma.

Y el alma nunca se pierde.

SOFÍA

Y entonces lo vi.

Durante toda la mañana había estado nerviosa, sintiendo cómo la emoción y los recuerdos se entrelazaban en mi mente. Pero cuando llegué al pasillo y levanté la vista, todo desapareció.

Solo quedaba él.

Marcos estaba ahí, de pie, esperándome.

Su mirada me atrapó al instante, igual que aquella primera vez en la pista de hielo.

Recordé el momento exacto en que lo vi por primera vez, con su capucha cubriéndole parte del rostro, con esos ojos intensos que me observaron como si pudieran ver a través de mí. Sentí de nuevo el escalofrío recorriéndome la piel, la extraña sensación de que algo dentro de mí se acomodaba en su sitio, como si siempre hubiese estado destinada a encontrarlo.

Y ahora, al caminar hacia él con mi vestido blanco flotando a mi alrededor, con el velo arrastrándose tras de mí y el ramo de rosas rojas entre mis manos, sentí lo mismo que aquel día.

Sentí que estaba en el lugar al que siempre había pertenecido. Nuestros ojos se encontraron y, en ellos, vi toda nuestra historia.

Vi nuestras risas, nuestras peleas, los momentos en los que creímos perdernos y aquellos en los que, contra todo pronóstico, nos volvimos a encontrar. Vi al chico que, sin pretenderlo, había cambiado mi vida. Al hombre que ahora era mi hogar.

Y entonces lo supe.

El amor no se trata de promesas perfectas, sino de caminos que, sin importar cuánto se desvíen, siempre vuelven a cruzarse.

Y él, él siempre fue mi destino.

★★★★★

Llegó la hora del baile y para sorpresa de todos, al cruzar la puerta trasera del lugar donde celebraban el banquete, apareció ante sus ojos una gran capa de hielo iluminada por la luz de la luna y las estrellas reflejadas en su superficie. Justo en el centro, una gran plataforma de madera, adornada con velas y pétalos de rosas blancas, los esperaba.

Los invitados se colocaron alrededor, expectantes, mientras Sofía y Marcos se situaban en el centro. Sus miradas se encontraron, llenas de emoción y promesas silenciosas.

Cuando la música comenzó a sonar, la nieve empezó a caer suavemente, cubriéndolo todo con un manto de magia. Sus cuerpos se movieron al compás de la melodía, sincronizados como si siempre hubieran estado destinados a bailar juntos. Con cada giro, con cada paso, sus corazones latían en perfecta armonía, como una sinfonía escrita solo para ellos.

Era más que un baile.

Era un recuerdo de la primera vez que se vieron, de cada momento que los había llevado hasta allí. Era la prueba de que, sin importar lo difícil que hubiera sido el camino, sus almas siempre se encontrarían en el mismo compás.

En este caso, el príncipe no salva a la princesa, sino que se salvan mutuamente.

Porque su historia no fue un cuento de hadas perfecto, sino una travesía llena de obstáculos, de dudas, de heridas que aprendieron a sanar juntos. No fue un amor de rescate, sino de lucha, de entrega, de encontrarse una y otra vez en medio del caos.

Mientras bailaban bajo la nieve, envueltos en la luz de la luna y en la melodía que parecía hecha solo para ellos, supieron que nada podría separarlos. No porque fueran invencibles, sino porque habían aprendido a sostenerse el uno al otro cuando el mundo temblaba bajo sus pies.

No eran solo dos personas enamoradas.

Eran dos almas que habían aprendido a ser refugio, hogar, destino.

Y ahora, en medio de aquel paisaje que parecía sacado de un sueño, entendieron que no importaba cuánto tiempo pasara, cuántas tormentas enfrentaran, porque, mientras se tuvieran el uno al otro, siempre encontrarían la manera de volver a empezar.

Agradecimientos

Y así termina esta historia. Una historia dura pero real, donde el reemplazo nunca es una opción y donde, a veces, hay que soltar para volver a enamorarse o, quizás, para comprender lo que realmente es el amor. Porque cuando creemos haberlo encontrado, a menudo solo estamos aferrándonos a una ilusión. Fantaseamos con la idea de que hemos encontrado a la persona «ideal», aquella sin la que creemos que no podríamos vivir. Y en esa ceguera, no nos damos la oportunidad de conocer a alguien que, más que llenar vacíos, nos ayude a crecer.

Por eso, hoy quiero dar las gracias a quien me enseñó lo que el amor no es, porque gracias a esa lección comprendí que el amor no debe doler, que no se basa en expectativas inalcanzables ni en dependencias disfrazadas de pasión.

A quien sí me enseñó lo que es el amor, porque con paciencia, respeto y cariño me mostró que el amor real no encadena, sino que libera, termine bien o mal; que no exige, sino que acompaña; que no se trata de idealizar, sino de aceptar y elegir cada día.

A mi madre, por impulsarme a perseguir mis sueños y sostenerme cuando sentí que no podía más. Te amo, mamá.

A mis amigas (Clara, Celia…) por ser refugio y aliento, por celebrar mis locuras y ayudarme a encontrar el camino cuando creí haberlo perdido. Os quiero.

Y a Candela, porque parte de este libro te lo debo a ti. Porque cada vez que quise rendirme, fuiste tú quien me empujó a seguir, creyendo en mí más de lo que yo misma lo hacía. Has recogido mis pedazos cuando estuve rota y los uniste con abrazos y palabras de aliento en los momentos exactos. Te quiero muchísimo. Gracias, gracias y gracias.

No me olvido de ti, Marta. Sabes lo mucho que te quiero y lo importante que eres para mí. Espero poder celebrar mis triunfos contigo toda mi vida, porque eres uno de los motivos por los que quiero alcanzarlos.

Te quiero.

Pero, sobre todo, gracias a mí. Por no rendirme. Por atreverme a expresar mis sentimientos, incluso cuando dolían. Porque de las decepciones que intentaron romperme, encontré la fuerza para reconstruirme. Y porque de aquellas alas que un día me arrancaron, hoy nace el impulso para volar más alto que nunca.